사랑이 너에게 해답을 가져다줄 것이다

사랑이 너에게 해답을 가져다줄 것이다

1판 1쇄 발행 2019년 10월 21일

지은이 장석남
펴낸이 신혜경
펴낸곳 마음의숲

대표 권대웅
주간 이효선
책임편집 노시은
편집 전태영
디자인 임정현 박기연
마케팅 노근수 허경아

출판등록 2006년 8월 1일(제2006-000159호)
주소 서울시 와우산로30길 36 마음의숲빌딩(창전동 6-32, 3층)
전화 (02) 322-3164~5 | 팩스 (02) 322-3166
이메일 maumsup@naver.com
인스타그램 @maumsup
용지 신승지류유통(주) 인쇄 스크린그래픽 제본 (주)상지사P&B

ISBN 979-11-6285-047-3 (03810)

* 값은 뒤표지에 있습니다.

이 도서의 국립중앙도서관 출판예정도서목록(CIP)은 e-CIP홈페이지(http://www.nl.go.kr/ecip)와 국가자료공동목록시스템(http://www.nl.go.kr/kolisnet)에서 이용하실 수 있습니다.
(CIP제어번호: CIP2019039389)

이 책에 실린 시들 중 〈설명해 줘요 내게, 사랑〉은 저작권자와 연락이 닿지 않아서 시의 게재 허락을 받지 못했습니다.
책이 출간된 이후에도 계속 연락을 취해 허락을 받고 게재료를 지불하겠습니다.

사랑이 너에게 해답을 가져다줄 것이다

장석남 지음

마음의숲

* 몇몇 신문과 매체의 호의로 몇 년 소개된 글들입니다. 관계한 분들에게 감사드립니다.

좋은 시는 이해理解 이전에 이미
마음 깊은 저만치에서 피어나요.
다가가면 또 저만큼 물러나 더 크게 피어 있어요.
규정되지 않아요. 잡지 않아요.
아름다운 시는 놓아두어요. 잡지 않아요.

불이 지나간 잿더미 앞에 앉아
뒤적거려본 무엇! 말고
불이 간 환한 쪽으로 돌아서세요!

2019년 시월 저녁

장석남

차례

2부 | 꽃은 늘 순방향으로 집니다

3부 | 벽은 순간 한 생이 지나가는 은막이 되었습니다

4부 | '나'는 이미 몸뚱이를 여읜 우주입니다

1부

온 우주는 사랑의 섭리로 이어져 있습니다

첫사랑

지디마자吉狄馬加

어린 시절 어른들은 말했네
아이들의 얼굴은 모두 둥글다고
엄마에게 왜냐고 물었더니
그저 손가락으로 달님만 가리키셨지
그 달은 정말 둥글었네, 나뭇가지 끝에 고요히 잠든 모습에
나는 동생의 잠자리채를 떠올렸네
어떻게 하면 저런 어여쁜 색시를 채 올까
그때 지붕 밑엔, 황금빛 옥수수 다발이 가득 걸려 있었지
나는 소녀의 목걸이가 생각났네
나무 밑에서 놀던 숨바꼭질
달빛 아래 놀던 *'신부 채기'
왜 그랬을까, 내가 찾아다닐 때마다
그녀는 살금살금 다가와
물 같은 달님이 되었지
그녀의 웃음소리가 내 옷을 흠뻑 적셨어
어느 날 그녀는 백양나무로 뻗어나
들판에서 사랑을 노래했네

그녀가 꽃 안장 위에 올라탔을 땐
나의 신부가 아니었어
그날 밤, 엄마는 내가 어른이 되었다며
못 입게 된 작은 옷들을
동생에게 주라고 하셨지
그러나 나는
웃음소리에 젖었던 그 옷만은
숨겨두었네
그날 밤의 달빛을 찾아다녔지만
오직 나의 영혼 속에 있을 뿐
나는 동생의 잠자리채를 떠올렸네
어떻게 하면 저런 어여쁜 색시를 채 올까

* 이족의 처녀가 시집을 갈 때, 신랑 측에서 사람을 보내온다. 이때 신부의 친구들이 그를 저지하는데, 그러면 신랑 측 사람들이 신부를 잡아온다. 이때 신부를 '채 온다'고 하는데, 아주 재미있는 광경을 이룬다.

태양의 계절이 가고 달의 계절이 옵니다. 양의 기운이 접히고 음의 기운이 어김없습니다(이 어김없다는 데에 희망이라는 씨앗이 숨어 있는 줄 압니다!). 가을은 달의 계절입니다. 태양은 정수리 위로, 등 뒤로 지나가지만 달은 가슴으로, 눈으로 맞아들이는 천체의 아가씨입니다. 그러하니 동양에서는 고대로부터 노래의 여왕이고 또 달을 즐기는 것이 멋의 진수였습니다. 내 유전자에는 달밤이면 뱃놀이를 하고 싶은 본능이 뭉게뭉게 피어 오르기도 합니다.

이 시를 보니 우리에게는 낯선, 저 먼 고장의 민족에게도 달은 어김없이 절절하고 매번 '새로운' 노래임을 느낍니다. 첫사랑이고 아쉬움이고 위로의 손길이기도 했을 듯합니다.

첫사랑이 '꽃 안장 위에 올라 탔을 땐 나의 신부가 아니'었으니 이를 어찌하면 좋을까요. 그날 그녀의 노래가 가득 묻은 옷을 꺼내서 물끄러미 바라봤을 겁니다. 얼굴엔 달빛이 번득이며 흘러내렸을 거고요.

추석이면 고향에 가고 고향에 가면 누구도 모르는 첫사랑의 감정을 달빛은 꺼내놓습니다. 달은 모든 이의 첫사랑의 대형 금고인지도 모르겠습니다.

소박하나 빼어난 시로 보입니다. 제 '로컬리티'에 충실하니 더더욱 그러합니다. 시인의 이름이 본명이지 필명인지 알 수 없으나 새겨볼 만합니다. '길한 오랑캐에 말을 보태다', 뭐 그러한 뜻으로 문외한은 재미있게 해석해봅니다. 스스로 '오랑캐'임을 자각하고 환하게 드러낸 뼈 있는 이름인 듯 인상적입니다.

설명해 줘요 내게, 사랑

잉게보르크 바하만Ingeborg Bachmann

당신 모자가 조금 느슨하군요, 인사를 하고, 바람에 들썩이는군요.
당신의 벗겨진 머리는 구름을 걸치고 있고
당신의 가슴은 어딘가 다른 곳과 맺어져 있으며
당신의 입은 새로운 언어와 한몸을 이룹니다.
시골의 방울풀이 곳곳에 무성하고
여름은 아스터꽃을 불어 일으키고 또 불어서 없앱니다.
꽃송이에 날려 당신은 눈감은 채 얼굴을 드는군요,
당신은 웃고 당신은 울고 당신 자신 때문에 지칩니다.
무슨 일이 생겨야 하는 것인지…

설명해 줘요 내게, 사랑!

공작이 화려한 놀라움의 몸짓으로 깃을 텁니다.
비둘기는 털깃을 높이 올리고
가득찬 노마駑馬들 가운데서 공기는 팽창되구요.
야생 벌꿀로부터 받아들여요.
온 마을이 사람 가득 앉은 정원에서도

모든 금빛 꽃가루가 화단마다 술을 붙이고 있습니다.

물고기가 홍조를 띄우며, 무리를 앞질러 가면서
동굴을 지나 산호밭으로 넘어지고
전갈이 수줍게 은모래 음악에 맞춰 춤을 춥니다.
딱정벌레가 멀리서 가장 근사한 냄새를 풍깁니다.

내가 그저 그 감각기관感覺器官을 가졌다면, 나는 또
날개가 그 갑옷 아래에서 번득이는 것을 느낄 텐데요.
그리고 먼 딸기 덩굴로 가는 길을 취할 텐데요.

설명해 줘요 내게, 사랑!

물은 이야기를 할 줄 알지요,
물결은 물결끼리 손을 잡고
포도밭 산에서는 포도덩굴 부풀어 가고, 튀어나오고, 떨어집니다.
저렇게 아무 생각 없이 달팽이가 집에서 나오는군요!

하나의 돌은 다른 돌을 부드럽게 할 줄 안답니다!

설명해 줘요. 내게, 사랑이여, 내가 설명할 수 없는 것을.
소름끼치는 짧은 시간을
그저 상념想念들과 교제를 해야 하고 오직
사랑이 아닌 것을 알고 사랑이 아닌 것을 해야 할까요?
사랑은 생각이란 걸 해야 합니까? 그런 게 없이 되는 상태는 없나요?

당신은 말하는군요; 다른 정신이 있을 수도 있지……
아무것도 설명하지 마세요. 온갖 종류의
불들을 통해서 나는 도롱뇽이 걸어가는 것을 봅니다.
어떤 구경꾼도 놈을 사냥하지 못하죠, 놈을 아프게도 하지 못하구요.

온 우주는 사랑의 섭리로 이어져 있지만 사람들은 사랑이 아닌 것을 권합니다. 사랑의 이름으로 사랑을 밟지요. 그래서 바하만은 이렇게 절규합니다. '사랑이 아닌 것을 알고 사랑이 아닌 것을 해야 할까요?/ 사랑은 생각이란 걸 해야 합니까? 그런 게 없이 되는 상태는 없나요?' 그리고 이어서 '아무것도 설명하지 말' 것을 청합니다. 사랑은 사람이 설명하는 것이 아니라 바로 '사랑'이 설명해줘야 한다는 것을.

'당신의 가슴은 어딘가 다른 곳과 맺어져 있으며/ 당신의 입은 새로운 언어와 한몸을' 이루고 있다는 이 매혹적인 시를 이제 사랑을 시작하는 모든 이에게, 아니 사계절이 사랑의 계절인 모든 이에게 권해보는 바입니다.

그것은 달리 말하면 '당신 가슴이 어딘가 다른 곳과 맺어져 있지 않고/ 당신 입에서 새로운 언어가 나오지 않는다면' 당신은 사랑이 떠난 화석의 사람이란 것을 경고하는 시이기도 하니 권태는 껍질을 벗고 사랑이라는 생살의 쓰라림을 택하는 것이 어떠한가! 이렇게 권유하는 듯합니다.

'하나의 돌은 다른 돌을 부드럽게 할 줄 안답니다! 하나의 돌은 다른 돌을 부드럽게 할 줄 안답니다! 하나의 돌은 다른 돌을 부드럽게 할 줄 안답니다!……'

이러한 메아리를 가슴에 두르고 살아가려면 이러한 시를 가슴에 두르고 살아야지요.

도화桃花 한 가지

박목월

물을 청請하니

팔모반상飯床에 받쳐들고 나오네

물그릇에

외면外面한 낭자娘子의 모습.

반半은 어둑한 산봉우리가 잠기고

다만 은은한 도화桃花 한그루

한 가지만 울넘으로

령嶺으로 뻗쳤네.

바위 아래, 소나무를 곁에 두고 '산 아래 첫 집'이 봄볕에 따사롭습니다. 아침저녁으로는 춥고 낮엔 덥습니다. 이러한 절기에 먼 길을 가려면 땀이 솟고 갈증이 오지요.
길 가던 한 청년이 물을 청합니다. 흰 사발 가득 물을 떠 내오지만 맨손으로 건넬 수는 없어 팔모반상에 예禮를 갖춰 건넵니다. 예와 함께 살던 시대입니다. 갈증이 아무리 깊어도 그냥 벌컥거리며 삼킬 수는 없습니다. 이성이 부끄럽던 시절이니 처녀는 얼굴을 먼 산에 둡니다. 그 모습이 눈부셨던가봅니다. 물그릇 속이 문득 산봉우리와 함께 '어둑'합니다. 그리고 마음엔 한 그루 분홍 복숭아꽃이 번져옵니다. 시쳇말로 '심쿵'입니다. '울넘으로' '령으로' 뛰어 달아납니다. 몰래 큰 숨을 쉬어 가라앉혔을 겁니다.
이 더할 수 없이 절제된 침묵의 소란 속에서 아린 사랑의 감정을 봅니다. 복사꽃 피듯 은근한 물 위의 얼비침이 '사랑의 거처'라고 믿습니다. 이 소란한 침묵을 사랑하지 않을 도리가 없습니다.

풀따기

김소월

우리 집 뒷산山에는 풀이 푸르고
숲 사이의 시냇물, 모래 바닥은
파아란 풀 그림자, 떠서 흘러요.

그리운 우리 님은 어디 계신고
날마다 피어나는 우리 님 생각
날마다 뒷산에 홀로 앉아서
날마다 풀을 따서 물에 던져요.

흘러가는 시내의 물에 흘러서
내어던진 풀잎은 옅게 떠갈 제
물살이 헤적헤적 품을 헤쳐요.

그리운 우리 님은 어디 계신고
가여운 이내 속을 둘 곳 없어서
날마다 풀을 따서 물에 던지고
흘러가는 잎이나 맘해 보아요.

이 소년은 다 어디 갔을까! 내 안의 이 소년은, 우리 공동체의 마음 정원에 살던 이 소년은 다 어디로 숨고 말았을까?

봄 어느 하루는 소월素月을 펼쳐야 하지요. 빛 바랜 책장을 조심히 넘기니 예의 그 소년 여전히 투명하게, 여전히 새롭게 봄 물가에 앉아 있습니다. '뒷산'의 풀과 함께 솟아나온 듯 냇가로 한 발짝 나앉아 풀을 땁니다. 햇빛에도 수줍습니다. 봄과 함께 사랑도 싹터서 마음 허기집니다. 투명 냇물에 투명 푸름의 투명 풀잎을 어른어른 보내는 곳, 아릿한 마음의 허기 속입니다.

이 즈음의 '스마트폰'의 그 무량한 기능이 저 그리움을 향한 타전打電을 당할 수 있을까요? 아직 이 세상이 젊고 순정하고 아리던 시절의 이야기지요. 악취 나는 낯 뜨거운 날들도 저 소년의 봄 나라로 일신日新할 수는 없을까요? 서로가 서로에게 아직은 수줍은 저 소년의 나라로!

입맞춤

전봉건

우주의
한 뼘이
숨막히는
어둠으로
메워진다.

모든 꽃이 숨 막히는 어둠
모든 새가 숨 막히는 어둠
모든 바람과 모든 물보라도
숨 막히는 어둠으로 메워진다.

두 개의 입술이
하나로 포개졌다.

날이 너무나 화창하여 정원의 그늘에 서서 흥미로운 가정假定 하나를 세워보았습니다. 사람의 입맞춤이 가장 많은 철이 있다면 언제일까요? 아마도 장미 만발하고 햇빛 찬란한 이즈음이 아닐까 싶습니다만 장담할 수는 없는 노릇!

우주의 기운 약동하여 모든 생명에의 풀무질이 한창입니다. '사랑 행위'의 '연옥'쯤에 해당할 '입맞춤'을 떠올리니 숨도 차고 눈도 흐리군요. '꽃'과 '새'와 '바람'과 '물보라'에 둘러싸인 이 '두 호흡의 만남'은 축복이 아닐 수 없겠습니다만 왜 '어둠'으로 메워진다고 했을까요?

이 '어둠'은 컴컴한 상태만을 의미하지는 않습니다. 뭇 생명과 가치와 이름이 탄생하는, 카오스 상태의 현묘한 어둠, 노자老子가 말하는 '현빈지문玄牝之門'의 그 '검음'의 다른 말입니다.

새 질서, 새 생명은 이 카오스 상태를 거친다는 것도 이 시는 넌지시 보여줍니다. '입맞춤'이 결코 작은 일이 아닌 우주의 일이군요. 그 '한 뼘 우주'에 들어서고 싶습니다.

너무 늦지 않은 어떤 때

김소연

먼 훗날,
내 손길을 기억하는 이 있다면
너무 늦지 않은 어떤 때
떨리는 목소리로 들려줄
시 한 수 미리 적으며
좀 울어볼까 한다
햇살의 손길에 몸 맡기고
한결 뽀얘진 사과꽃 아래서
실컷 좀 울어볼까 한다
사랑한다는 단어가 묵음으로 발음되도록
언어의 율법을 고쳐놓고 싶어 청춘을 다 썼던
지난 노래를 들춰보며
좀 울어볼까 한다
도화선으로 박음질한 남색 치맛단이
불붙으며 큰절하는 해질 녘
창문 앞에 앉아
녹슨 문고리가 부서진 채 손에 잡히는

낯선 방
너무 늦어 너무 늙어
몸 가누기 고달픈 어떤 때에
사랑을 안다 하고
허공에 새겨 넣은 후
남은 눈물은 그때에 보내볼까 한다
햇살의 손길에 몸 맡기고
한결 뽀얘진 사과꽃 세상을
베고 누워서

여름의 끝자락에 이르니, 극성한 여름의 끝자락에 이르니 꾹꾹 눌러두었던 울음보가 터질 것만 같아요. 극점을 돌고 나면 허위허위 울음 이상의 알 수 없는 숨이 차오르는 것처럼 나도 모르게, 참으려고 한 것도 아닌데 참아진 것, 그게 여름의 더위뿐이겠어요?

'사랑한다'는 현재형의 단어가 '묵음으로 발음되도록 언어의 율법을 고쳐 놓고 싶어 청춘을 다 썼다'는 시인의 먼 훗날의 회고, 가상의 회고가 저절로 울음을 불러오는군요. 그것은 시인이니까 '언어의 율법'이라고 썼지만 실은 사랑의 율법, 삶의 율법을 '묵음'으로 바꾸고 싶은, 그러나 그렇게 되지 않아 막막하고 먹먹한 고백입니다.

'묵음'은 침묵, 여백, '울음'과 동의어입니다. 들판 같고 들판의 어둠 같고 밤 같고 새벽 같고 새벽의 코발트빛 하늘같습니다. 모두의 사랑은 역으로 누구도 짐작하지 못할, 발음하지 못할 세계니까요.

햇살 위에 누워 떠가는, 사과꽃으로 장식한 영원한 잠이 어여쁩니다.

양파 공동체

손미

그러니 이제 열쇠를 다오.
조금만 견디면 그곳에 도착한다.
마중 나오는 싹을 얇게 저며 얼굴에 쌓고,
그 아래 열쇠를 숨겨 두길 바란다.
부화하는 열쇠에게 비밀을 말하는 건 올바른가?

이제 들여보내 다오.
나는 쪼개지고 부서지고 얇아지는 양파를 쥐고 기도했다.
도착하면 뒷문을 열어야지.
뒷문을 열면 비탈진 숲, 숲을 지나면 시냇물.
굴러떨어진 양파는 첨벙첨벙 건너갈 것이다.
그러면 나는 사라질 수 있겠다.

나는 때때로 양파에 입을 그린 뒤 얼싸안고 울고 싶다.
흰 방들이 꽉꽉 차 있는 양파를.

문 열면 무수한 미로들.

오랫동안 문 앞에 앉아 양파가 익기를 기다리고 있다.

나는 때때로 쪼개고 열어 흰 방에 내리는 조용한 비를 지켜보았다.
내 비밀을 이 속에 감추는 건 올바른가.
꽉꽉 찬 보따리를 양손에 쥐고

조금만 참으면 도착할 수 있다.
한 번도 들어가 본 적 없는 내 집.

작아지는 양파를 발로 차며 속으로, 속으로만 가는 것은 올바른가.
입을 다문 채 이 자리에서 투명하게 변해 가는 것은 올바른가.

세상은 양파입니다. 나도 양파입니다. 내 친구도 양파입니다. 모두 여러 겹으로 되어 있습니다. 문 열고 들어가면 또 다른 방이 나오고 다시 열고 들어가면 또 나옵니다. 오, 맙소사 맨 마지막 방에 들어가니 뒷문이 또 나옵니다그려.

'얼싸안고 울고 싶'고, '익기를 기다리'며, '양파'의 '흰 방에 내리는 비'를 지켜보기도 하니 양파의 변신도 볼 만합니다. 그러나 '한 번도 들어가 본 적 없는 내 집'이 또한 양파이니 매워서 그런 걸까요? 매운 슬픔 때문일까요?

나 같으면 맨 처음 한 겹으로는 사랑을 하고 그 다음 겹으로 음…… 다시 한 번 사랑을 하고 그 다음 겹으로는 음…… 마지막이라 생각하고 또 사랑을 하겠습니다. 그리고 그 뒷문을 열고 나가서 '첨벙첨벙' '시냇물'을 건너서 도망을 가겠습니다. 나 같으면 그 모든 매운 방들을 사랑으로 채우겠습니다. 아무도 엿보지 못할 거예요. 너무 매운 방이라. '올바른지' 아닌지도 모를 겁니다. 너무 매운 방이라.

칠 일이 지나고 오늘

이성미

한 사람이 가자 이어달리기하듯 다른 사람이 왔다. 그는 가면서 또 다른 사람에게, 나를 넘겨주었다.
나는 파란 바통이 되어 … 이 손에서 저 손으로… 칠 일이 지나고…

오늘은 일곱 개의 태양이 뜬 날.

오늘은 일곱 나라의 언어로 종알거린다.
나는 오늘의 입을 보고 있다.
오늘은 주름치마를 입고
사장 좌판을 펼치듯 하루를 펼친다.

오늘은 뜨거운 시간, 서늘한 시간, 밝은 시간…
각자 다른 길이와 온도를 가진다.

나는 시계 소리를 듣고 있다.
밤이 가까워질수록 오늘은 점점 느리게 간다.

오늘은 뒤섞이고, 오늘은 돌기가 있고,

마주 보다가 몸이 멍청해진다.

오늘 새벽의 공기는

하얀 스카프처럼 휘감으며 속삭였지.

나를 사랑해도 좋아.

살아온 모든 시간은 나를 떠나지 않고 내 몸에, 마음에 지층을 이루고 쌓이나봐요. 한 사람을 겪으면 그 겪은 사람을 포함한 내가 또 다른 사람을 만나죠. 그러니까 사랑을 겪으면 그 사랑이 또 다른 사랑을 부르는 거죠. 독립된 사랑이 없다니 생각해보면 그것도 놀랍네요. 우리는 '완전독립자치국가사랑'을 한다고 착각을 하고 사는데…….

하늘에 하나의 태양만이 뜬다고 알고 있었는데, 하나의 달님이 두둥실 떠서 서쪽 나라로 간다고 믿고 있었는데 일주일을 살면 일곱 개의 태양이 떠서 '일곱 나라의 말'을 종알거린다니. 참으로 맞는 말이네요. 보름을 살고 나서 열 다섯 개의 달이 떠서 웅얼거리는 소리를 들어보겠습니다. 오늘부터 세겠습니다.

시는 이렇다니까요. 이렇게 엉뚱한 형식으로 참으로 맞는, 아름다운 말을 한다니까요. 우리 모두가 새벽 공기의 말귀도 잘 알아듣던 시절이 그립기만 해요. 새벽 공기가 이런 말을 한다니까요.

'나를 사랑해도 좋아.'

이렇게!

아침 숲

임선기

저것은 옛날의 눈
시인 비용이 찾던 그 눈
상아탑 꼭대기에서 바라다보이는 그런 눈
누군가 아침에 먹다 남기고 간 부스러기가 빛나고 있다
生을 지켜주던 바람이 멀리 보이고 있다
사랑한다는 말 한마디가
태어나고 있다

숲이 우거져 마침내 '여름의 체형'을 이루었습니다. 위엄이 깃들어 그 안으로 쉬 들어설 수는 없습니다. 숲을 지배하는 것은 이제 순전히 자재自在한 왕인 시간! 완벽하게 짜인 자기만의 이야기를 만들며 숲은 살아 있습니다. 인류는 거기서 스스로 걸어 나왔습니다. 그러고는 멀찍이서 바라봅니다. 그 '옛날의 눈'을 경외의 눈으로 바라봅니다. 그 '눈'은 지금 인류를 애처롭게 바라보고 있는지도 모릅니다. 그 '옛날의 눈' 속에 깃든 생명의 자취인 '먹다 남기고 간 부스러기'마저 '빛나는' 신비의 징표입니다.

마침 멀리서 바람이 일어납니다. 숲은 일렁일 테고 나뭇잎은 일제히 한 방향으로 뒤집혀 또 다른 표정이 됩니다. 소리도 상쾌합니다. 순간 숲에 '사랑한다는 말'이 새겨졌습니다. 그 글자는 아무에게나 보이지는 않겠죠. '시인 비용' 아저씨도 '상아탑'이 아닌 건너편의 '숲'에서 그 '진리'의 그림자를 보았던 모양입니다. 숲을 두고 책을 볼 일이 아니고 책을 내려놓고 '숲'을 읽을 일입니다.

수증기

박성준

내일 오후, 애인이 떠나면서 선물한 벽지로 그는 도배를 할 것인가
그들은 서로에게 던지는 평서문에 대해 고민을 하는가
선량하다 이악스럽다 해맑게 억세다 삐뚤빼뚤 피가 흐른다? 무슨 말을 시작해야 좋을까
다정한 주름 밖으로 성대를 잘라낸 개처럼 편안하게 웃는 것, 그들에겐 부족한 것은 없는가
목이 마를 때면 송곳으로 방바닥에 애인은 그의 이름을 긁어주곤 하는지
그들은 서로에게 무능해서 착한 사람들
왜 이별은 가벼워지기 위해 뿌리가 길까

여기 맹물을 끓이는 이야기가 있습니다. 아무 건더기 없는 백탕을 끓이는 이야기가 있습니다. 후, 불어 끄면 그만인 불 위에 솥을 얹고 물을 끓이고 있습니다. '사랑'이라는 것, 그것도 어긋난 상황이 벌어지고 있습니다(모든 사랑은 아마 어긋난 상황일 겁니다). 물이 끓기 시작하고 수증기가 오릅니다. 물은 물이 아닌 것이 되어 허공 바깥으로 사라져갑니다. 그러나 아직 불이 꺼지진 않았습니다. 물은 계속해서 끓고 있습니다. 불을 끄면 사랑이 아니요 그냥 두면 모두 증발해버리는 것, 그게 사랑이지요.

애인이 떠나면 마음의 새 단장을 해야지요. 그러나 그건 침침한 어둠의 도배지일 것이고 성대도 없는 개가 웃듯 방바닥에 이름을 파며 가짜 웃음을 웃어야 할 것입니다. 이별은 뿌리가 깁니다. 수증기가 천지에 잔뿌리를 올리고 있습니다.

맹물 다 끓어 사라지고 남은 빈 솥, 그 솥에 밥을 끓입니다. 눈물 그렁그렁한 채 아귀아귀 밥을 먹습니다.

만남

피천득

그림엽서 모으며
살아왔느니

쇼팽 들으며
살아왔느니

겨울 기다리며
책 읽으며---
고독을 길들이며
살아온 나

너를 만났다
나 너를 만났다.

찬란한 불꽃
활짝 피다 스러지고

찬물 같은 고독이

평화를, 다시 가져오다.

아주 허드레 라디오 겸용 카세트 플레이어에서 쇼팽의 피아노곡이 흘러나오고 있었습니다. '평생 쇼팽이 좋아요.' 꾸밈이라고는 찾아볼 수 없는 방이었습니다. 느닷없이 부끄러움이 왔습니다. 오래전 피천득 선생님 댁에서의 일입니다. 그 수수하고 평화롭고 고적한 생의 거울 앞에 비친 제 모습에는 때 묻은 욕망이, 치장이, 가면이 교묘히 숨어 있었습니다.

새로운 해가 왔고 새로운 시간과 만납니다. 인생 전체는 수많은 만남으로 이어집니다. 대개는 이해관계의 만남입니다. 욕망이 제거된 순수한 만남은 '불꽃'입니다. 헤어짐은 그 불꽃의 스러짐입니다. 슬프지만 필연입니다. 그러나 그 '찬물 같은 고독'에서 '평화'를 다시 가져오기는 쉽지 않습니다. '평화'가 어떤 '달콤함의 지속'을 의미하는 것만은 아님을 새삼 생각해봅니다.

해당화

김영삼

오래된 책을 들추다
본다,
책갈피 속에 숨어 있는 나비 한 마리

어둠을 가르며 얼마나 긴 시간 날아왔을까 은빛 가루 다 떨어진
날개, 느닷없는 햇빛에 눈마저 멀었는지 다가가도 꼼짝하지 않는
다 곤히 접은 날개 살며시 집어 올리자 화들짝 나비 아래 숨었던
또 한 마리가 날개를 활짝 펼친다

손바닥에 입술 자국 남기듯 해당화 꽃잎 한 장 올려놓고 간 사랑

얼마나 갔을까
푸른 허공을 향해 빛바랜 나비가 날아오르고 있다

옆구리에 책 끼고 다니던 시절이 있었습니다. 어려운 서양 책을 '패션'으로 들고 다니던 시절도 있었습니다. 소중한 날의 기념으로 책 안에 주변에서 채취한 꽃잎을, 나뭇잎을 넣어두던 풍습도 있었습니다. 연애를 시작하면 더욱 그랬습니다. 시간의 물결은 주름을 남긴 채 급속히 지나가고 모든 게 밋밋한 날들이 되어 있을 때 무심히 펼친 옛 책에 '해당화' 꽃이 납작하게 말라 접혀 있습니다. 더듬어 더듬어 이 꽃의 시간을 찾아갑니다. 스물일곱 쪽! 당시 나이의 페이지에 넣어두었던 것! 이 사물은 분명 시간 저편의 하찮은 미라입니다만 기억을 펼치니 금세 나비가 되어 날아오릅니다. '집어 올리자 화들짝' 또 한 마리가 날아오릅니다. 눈 감고 한참 그것들을 봅니다. 바다 빛 푸른 백사장가의 붉게 타던 '해당화'의 시간은 지금 어디로 간 것일까요? 어디로 간 것이 아니라 고스란히 같이 있는 것은 아닐까요?

빛의 발자국

신달자

오후가 되면 슬그머니 내 방 벽으로 드시는 이
남향 창으로 격자무늬 햇살 그림자
방으로 드시는데
저 무늬 어디서 봤더라
참 다정한 모습인데 누구더라
내 생을 스쳐간 얼굴인가 풍경인가
피 당기는 저 모습 저 온기
내 몸보다 더 편안한 곳 모셔 두고 싶다

깨끗한 빈 벽 하나를 갖는 일도 쉽지 않다는 요지의 아름다운 수필이 있었습니다. 빈 벽이 왜 필요한가 싶지만 회사후소繪事後素라는 공자님 말씀처럼 '흰 것'이 된 이후 그곳은 더 이상 벽만은 아닙니다. 그동안은 알 수 없던 새롭고 신선한 손님들이 비로소 찾아들기 시작하지요. 여기 공일당(空日堂 · 시집 속 다른 시에 따르면 이 집 택호)의 벽을 비워놓으니 맨 먼저 눈에 띈 '이'가 '빛의 발자국'입니다.

오후의 비스듬한 햇빛은 방안 깊숙이 들어오지요. 한옥 문의 격자무늬가 어려 있으니 '빛'이 아니라 그것의 '발자국'입니다. 그 그림자는 먼 기억을 불러옵니다. 소녀가 물끄러미 방안 깊은 곳에서 벽에 어린 창호지 문의 그림자를 바라보고 있습니다. 그 소녀 앞에 펼쳐졌던 세계와 지금 이 노경 화자의 지나간 시간이 만납니다. '참 다정한 모습인데 누구더라.' 반가운 모습과 함께 잔잔한 파문이 있음을 눈치챕니다. 벽은 순간 한 생이 지나가는 은막이 되었습니다. 일생이 '빛의 발자국'을 따라가는 일이었습니다.

나팔꽃

권대웅

문간방에 세 들어 살던 젊은 부부
단칸방이어도 신혼이면
날마다 동방화촉洞房華燭인 것을
그 환한 꽃방에서
부지런히
문 열어주고 배웅하며 드나들더니
어느새 문간방 반쯤 열려진 창문으로
갓 낳은 아이
야물딱지게 맺힌 까만 눈동자
똘망똘망 생겼어라
여름이 끝나갈 무렵
돈 모아 이사 나가고 싶었던 골목집
어머니 아버지가 살던
저 나팔꽃 방 속

나팔꽃 줄기가 창 아래까지 올라왔습니다. 오래지 않아 꽃을 맺을 겁니다. 마디마다 피어나던 꽃들 떠올려보니 가난하나 평화롭고 정답던 옛 골목길의 집들이 떠오릅니다. 길 따라 들어가며 대문 하나씩 있었습니다. 그 안쪽에 한 송이씩의 가정들이 저마다의 희로애락을 나누며, 감추며 지냈습니다.

신혼들은 으레 문간방에서 살림을 시작합니다. 하지만 구김 없이 해맑은 표정으로 드나드는 모두에게 삐걱이는 문을 열어주고 닫아주며 지냈습니다. 어느 봄날 아이가 생겨서 내려다보며 내외가 웃고 있습니다. 전 우주의, 하느님의 방문입니다. 모두 그 앞에서는 벅찬 마음이 됩니다. 미처 알 수 없던 최대의 희망이 '문간방'에 깃들었습니다. 지금은 없는 내 어머니도 좁고 미천하던 그 방에서 나를 낳아놓고 내려다보며 미소 지었을 겁니다. 어버이날을 보내며 '저 나팔꽃 방 속'의 신비로운 침묵을 새겨봅니다.

의자

서안나

너를 살까 생각 중이야

나를 태우고
사막으로 달려가
흰 뼈처럼 명상에 잠기는

소처럼
순한 눈을 끔벅거리는

으르렁거리며
둥그런 엉덩이를
덥석 삼키는

7월에 잃어버린
고양이를 생각하는

가끔 뿌리를 뻗어

내 영혼을 읽는

사람이 아닐까

고민하는

너를 버릴까 생각 중이야

마당가에 덩그마니 놓여 있는 의자를 만날 때가 있습니다. 가서 앉았다 가고 싶을 때가 있습니다. 문밖에 내놓은, 버려진 의자를 만날 때도 있습니다. 누구의 자리였을까 생각하게 합니다. 의자의 종류도 가지가지. 우리의 계층계급만큼이나 다양합니다. 인생의 절반쯤은 의자에서 지내는지 모릅니다. 과장이라고요? 그럼 인생의 전부를 의자에서 지낸다고 하면 어떤가요? 의자를 바꾸고 싶을 때가 있습니다. 인생을 바꾸고 싶을 때입니다.

사람이 버린 의자는 그때부터 빛이 앉기도 하고 나뭇잎이 앉기도 합니다.

고양이도 앉고 저런, 새도 앉았다가 고양이의 먹이가 되기도 합니다.

가끔 내가 앉은 의자가 무너져 모래가 되는 상상을 하게 됩니다. 그건 상상이 아니라 현실입니다. 영원한 의자에 앉은 자 지금껏 보지 못했으니까요. 내 의자에 바람을 앉히는 연습, 저녁을 앉히는 연습, 아니 아예 의자를 없애는 연습을 게을리하면 안 되겠지요. 나를 태운 의자는 지금 '사막으로 달려가'는 중입니다.

2부

꽃은 늘 순방향으로 집니다

바위

유치환

내 죽으면 한 개 바위가 되리라
아예 애련哀憐에 물들지 않고
희로喜怒에 움직이지 않고
비와 바람에 깎이는 대로
억년億年 비정非情의 함묵緘默에
안으로 안으로만 채찍질하여
드디어 생명도 망각하고
흐르는 구름
머언 원뢰遠雷
꿈꾸어도 노래하지 않고
두 쪽으로 깨뜨려져도
소리하지 않는 바위가 되리라

시로 우리네 삶의 진 데, 마른 데 얽히고설킨, 하지만 다정하고 다행한 정원을 하나 가꿔볼까 합니다.
우선 한편에 바위를 놓아봅니다. 우리네 환하고 단단하기 비할 바 없는 화강암의 그것입니다. 어디서 왔는지 모를 물건입니다. 만지면 만져집니다만 물건만은 아닌 것이 분명합니다. 침묵으로 된 준엄한 말씀이기도 하고 노래이기도 합니다. 희로의 파도를 가지고 가면 침잠을 얘기해주겠지요. 나와 세상을 멍들게 하는 들끓는 욕망을 그 앞에 풀어놓아 보면 어떨까요? 3월이니 곧 담쟁이넝쿨 싹도 애교처럼 올라올 겁니다. 바위는 빙그레 웃기도 할 겁니다.
문득 서울 광화문 광장에라도 서게 되면 인왕산 큰 바위 한참 올려다볼 일입니다. 조선, 고려 적 사람이 되어 그리해볼 일입니다. 이제나 그제나 영원 앞의 작은 나그네라고 바위는 속삭입니다.

천년의 바람

박재삼

천년 전에 하던 장난을
바람은 아직도 하고 있다.
소나무 가지에 쉴 새 없이 와서는
간지러움을 주고 있는 걸 보아라
아, 보아라 보아라
아직도 천년 전의 되풀이다.

그러므로 지치지 말 일이다.
사람아 사람아
이상한 것에까지 눈을 돌리고
탐을 내는 사람아.

커다란 손이, 노동으로 굳은살도 박힌 뭉툭한 손가락이 사랑하는 이에게 간지럼 태우는 걸 본 적이 있습니다. 절로 흐뭇한 미소가 나옵니다. 허나 이내 눈이 젖고 맙니다. 끝 모를 깊이에서 저려오는 것이 있었습니다. 부드러운 손에만 사랑이 있는 것이 아니지요. 상처 하나 없이 살아온 손의 사랑만을 아는 당신이라면 영영 모를 세계지요. 그 무뚝뚝하고 깊고 거룩함!

바위 곁에 구붓한 소나무 한 주 서 있습니다. 바위에 앉아 뻗어나간 소나무 가지들 바라보니 거기 바람이 와서 놉니다. 어디서 난 줄 모를 바람의 손길입니다. 겨울 나느라 수척한 초록을 바람은 와서 깨우고 깨웁니다. 새 초록이 나오도록 그리합니다.

봄을 부르는 행복의 애무입니다. 그 가난한 사랑놀이가 천년이나 만년이나 되풀이되어 저토록 지침 없이 어여쁘다면 우리도 따라 되풀이해야 마땅합니다. '이상한 것'에까지 '탐을 내는' 당신, '보아요 보아요' 저 바람의 일을.

배음背音

김종삼

몇 그루의 소나무가
얕이한 언덕엔
배가 다니지 않는 바다,
구름 바다가 언제나 내다보였다

나비가 걸어오고 있었다

줄여야만 하는 생각들이 다가오는 대낮이 되었다.
어제의 나를 만나지 않는 날이 계속되었다.

골짜구니 대학大學 건물建物은
귀가 먼 늙은 석전石殿은
언제 보아도 말이 없었다.

어느 위치位置엔
누가 그린지 모를
풍경風景의 배음背音이 있으므로,

나는 세상에 나오지 않은

악기樂器를 가진 아이와

손쥐고 가고 있었다.

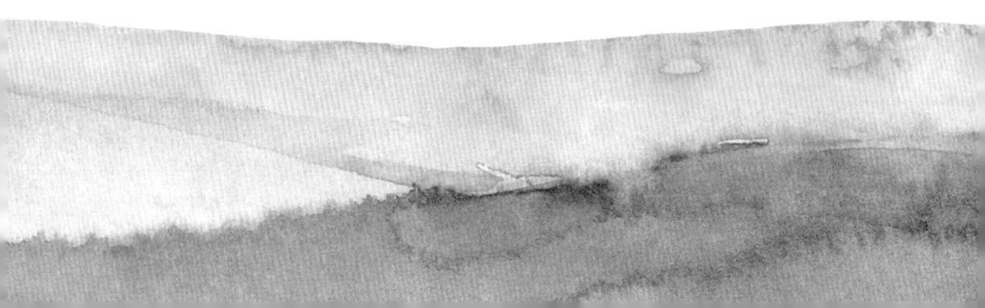

한 편의 먹먹한 무성영화입니다. 내면은 '어제의 나'를 만날 수 없는 날들의 연속입니다. 마침내 '골짜구니'에 숨은 대학 건물에 이르러 서늘한 냉소가 나옵니다. 진리와 박애를 얘기하던 '늙은 석전石殿'이었겠으나 귀가 멀어버렸습니다. 인간의 어리석음과 탐욕에 대한 질문에 답을 주지 못하는 허위의 권위일 뿐이라는 고발입니다. 그럼에도 아름다움은 포기할 수 없는 가치이므로, '세상에 나오지 않은/ 악기樂器를 가진 아이'이므로 놓을 수 없습니다. '손쥐고' 가는 장면의 클로즈업이 애잔하기 그지없습니다. 전후의 폐허와 굶주림의 시절을 배경 삼은 시인의 이 점잖은 고발과 애틋한 예술 옹호가 숙연합니다. 우리는 지금 세상의 수많은 '배음'을 잊거나 모르고 사는 건 아닌지!

낙화

조지훈

꽃이 지기로소니
바람을 탓하랴

주렴 밖에 성긴 별이
하나 둘 스러지고

귀촉도 울음 뒤에
머언 산이 다가서다

촛불을 꺼야하리
꽃이 지는데

꽃 지는 그림자
뜰에 어리어

하이얀 미닫이가
우련 붉어라

묻혀서 사는 이의
고운 마음을

아는 이 있을까
저어하노니

꽃이 지는 아침은
울고 싶어라

정원에 밀물져 왔던 봄꽃의 전위들은 이제 다 시들었습니다. 성당 시기 맹호연孟浩然의 유명한 시 '춘효春曉'의 마지막 두 구 '야래풍우성夜來風雨聲/화락지다소花落知多少'의 심정으로 매해 꽃을 보내지요. 사육신死六臣 성삼문成三問의 서늘한 초서 글씨로 된 위의 시를 본 적 있습니다.

그리고도 수백 년 후 일제 말기 지훈芝薰은 낙향하여 울분을, 고요하고도 찬란하게 저렇듯 토로했습니다. 혹자는 센티멘털로 취급하기도 합디다만 우습지요.

저 낙화의 핏빛을 600여 년 전 성삼문은 역사 앞에서 되새겨 읽었을 겁니다. 그로부터도 수백 년 후 극성極盛의 일제강점기, 밤마다 잠들 수 없던 젊은 선비가 '낙화'를 바라보던 심정을 '지금 여기'로 데려와 되새겨 보는 심정도 생생합니다. 꽃에서 꽃으로 흘러오는 역사가 저러합니다. 꽃은 늘 순방향으로 지지요.

물속의 돌

이철성

호수 물을 가만히 들여다보니
물속의 얼굴은 나의 얼굴
오랜 여행에 검게 그을린 나의 얼굴
피곤과 외로움 속에서
더욱 분명해진 나의 얼굴
그러나 사방에서 나타난 물고기들
얼굴을 쪼고 사방으로 흩어지고
호수를 치는 한 줄기 바람에
얼굴은 기우뚱 나였다가
내가 아니었다가
물 밑에 일렁이는 낯선 여자였다가
바람에 꺾여 떨어지는 한 나뭇잎이었다가
쫑긋 그걸 쪼아대는 한 마리 물고기였다가
이내 얼굴은 온데간데없고
일렁이는
일렁이는
깊은 물 속의 돌

—중국, 주자이거우九寨溝

흔히 이승에 와서 살아가는 일을 여행에 비유하곤 합니다. 그렇다면 일상을 벗어나는 그 여행은 떠나온 제 본래 모습을 발견해 보고픈 귀향의 심리인지도 모르겠습니다. 여기 한 여행자가 있습니다. '피곤과 외로움'의 삶을 되돌아보는 여행자입니다. 호수를 만나 그 앞에 앉습니다. 그렇습니다. 여행은 이리저리 몰려다니는 관광이 아니지요. 호수에 비친 제 모습을 보려는 일이지요.

내 얼굴 그림자에 물고기들이 놀고 있습니다. 바람이 오면 물결에 기우뚱거리기도 하지요. 그러다 보면 저절로 알게 됩니다. 나는 물고기이기도, 바람이기도, 일렁임이기도 하다는 것을. '깊은 물속의 돌'이 살아와 일렁입니다.

난초

이병기

1

한 손에 책冊을 들고 조오다 선뜻 깨니
드는 볕 비껴가고 서늘바람 일어오고
난초는 두어 봉오리 바야흐로 벌어라

2

새로 난 난초잎을 바람이 휘젓는다
깊이 잠이나 들어 모르면 모르려니와
눈 뜨고 꺾이는 양을 차마 어찌 보리아

산듯한 아침 볕이 발틈에 비쳐들고
난초 향기는 물밀듯 밀어오다
잠신들 이 곁에 두고 차마 어찌 뜨리아

3

오늘은 온종일 두고 비는 줄줄 나린다
꽃이 지던 난초 다시 한 대 피어나며

고적孤寂한 나의 마음을 적이 위로하여라

나도 저를 못 잊거니 저도 나를 따르는지
외로 돌아앉아 책冊을 앞에 놓아두고
장장張張이 넘길 때마다 향을 또한 일어라

봄꽃으로는 아마도 마지막 차례로 개량종 철쭉이 그 화려한 빛깔을 뽐내다가 막 떨어졌습니다. 꽃 곁에 앉았습니다. 꽃 곁에 앉으면 잠시나마 이 '가죽 자루'도 식물성이 된 듯합니다. 꽃의 오고 감, 그 빛깔과 향기로 실고 오고 실고 간 뜻이 무엇인지…… 앉아 있어봅니다.

가람 선생. 뵌 적 없고 그 생가 한 번 찾아가본 적 없으나 왠지 나의 할아버지나 되는 듯한 분. 그분의 덤덤하기 그지없는 일기장을 넘겨보면서 '그렇지, 그렇지, 그럴 뿐이지' 하며 혼잣말을 했었지요. 대가란 과연 몇 겹은 벗은 사람이라는 생각을 했었지요.

시끄럽디 시끄러운 세상입니다. 시시비비가 난무합니다. 세상 잠시 등 뒤에 두고 난을 곁에 두었습니다. 옛 책 뒤적이나 깜빡 잠들다 깨니 난이 피었습니다. 모르면 모를까 어찌 그 꽃을 두고 자리를 뜰 수 있을까요. 이 할아버지의 마음 심지에서부터 번져 나오는 기쁨이 보입니다. 책을 넘길 때마다 향기가 일어납니다. 문장들이 다 향기였을 겁니다. 여기 무슨 시비가 있겠습니까. 그저 참일 뿐입니다.

들꽃

이근배

이름을 가진 것이
이름 없는 것이 되어
이름 없어야 할 것이
이름을 가진 것이 되어
길가에 나와 앉았다.

꼭 살아야 할 까닭도
목숨에 딸린 애련 같은 거 하나 없이
하늘을 바라보다가
물들이다가
바람에 살을 부비다가
외롭다가
잠시 이승에 댕겼다가 꺼진
반딧불처럼
고개를 떨군다.
뉘엿뉘엿 지는 세월 속으로만.

날로 풀이 무성합니다. 을씨년스럽던 공터, 길가에 싹 내민 것들이 차차 제 각각의 이름대로 자라나갑니다. 새들이 제 이름을 부르면서 운다더니 풀들도 그러합니다. 애초에 이름 붙이기를 그런 궁리로써 한 것이겠지만 별로 불러볼 일도 없는 한해살이 풀들입니다. 사람에게는 쓸모가 덜하여 가꾸지 않는 것들을 모잡아 '잡풀'이라고 합니다만 그것들의 생명력은 거의 불가사의 수준입니다. 바람에 몰려 쓰러지는 그것들, 다시 일어서는 모습들을 보면서 우리네 살림이 저절로 떠오릅니다. 우리 모두는 그 풀들과 다름없습니다. 어울려 삽니다. 힘겨우면 '하늘을 바라보다가 물들이다가 바람에 살을 부비면서 하루하루 살아나갑니다. 평시에는 이름이 없습니다만 나라에 궂은 일이 생기면 어김없이 호명呼名되어 맨 앞에 서야 하는 신세입니다.

민들레꽃들이 한창입니다. 돌단풍꽃이 한창입니다. 이름 모를 꽃도 한창입니다. 그 속에 내가 있습니다. 우리에게도 꽃 시절은 있습니다. 그리고 불가사의한 힘도 있습니다. 내년에도 또 '길가에 나와 앉아' 꽃 필 겁니다.

깊은 우물

이건청

그 우물은 깊었다.
찬물이 고여 있었다.
우물 안쪽으로 쌓아올린 돌 틈에선
검푸른 이끼가 자라고,
이끼에 서린 물방울이 툭 떨어져
투명한 소리로 울리곤 하였다.
한나절 우물에 귀를 대고 있으면
떨어진 물방울 소리들이
소리끼리 어우러져
한 편의 시로 울리는 걸 들을 수 있었다.
우물은 우물가에
닭의장풀이며 여뀌, 질경이풀들도 기르면서
자잘하고 여린 꽃들로
박새나 노랑턱멧새들을 불러
지저귀게 하였다.
그 우물은 깊었다.
하늘을 향해

까마득한 바닥까지 열어놓고 있었다.

한솥밥을 먹는 사람을 식구食口라 하고 한 우물을 먹는 사람을 일컬어 이웃이라고 했던가요? 우물은 한 공동체를 이루게 하는 근원이었습니다. 한 마을의 개방된 공용 부엌이요, 회관이요, 광장이기도 했습니다.

때로 우물은 가장 심오한 사원이기도 합니다. 이 시는 사원과 같은 고요하고도 찬란한 세계를 우주의 깊이로 얘기해줍니다. 가만히 귀 기울여 듣게 되는 우물 속의 물방울 소리야말로 가장 차고 투명한 울림의 시라고 얘기합니다.

'닭의장풀' 등속의 풀과 '박새' 등등의 새들까지 불러들이는 우물은 마침내 까마득한 바닥을 열어서 아득한 하늘을 받아들입니다. 이토록 투명하고 깊은 우물과 같은, 우주를 열어놓은 큰 어른을 우리는 지금 알지 못합니다. 만나고 싶습니다.

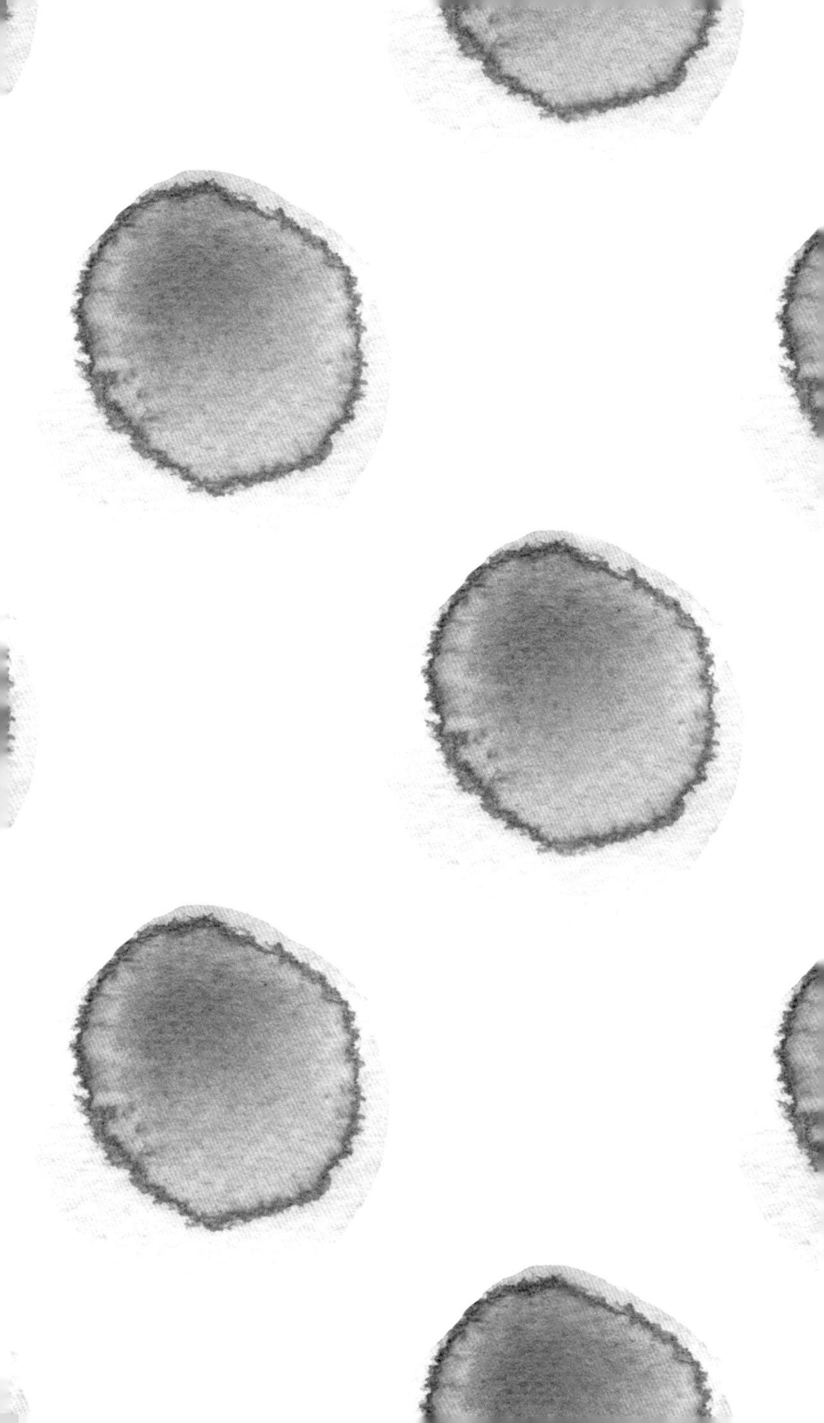

거울 앞에서

장옥관

네 눈은 끝을 모르는 아득한 깊이
무명실 실타래를 풀어도 닿지
못할 어둠 까마득한 깊이 속으로
나는 자꾸 빠져든다 가문 강에 피라미
뛰듯 뛰는 네 맥박, 끼니마다 고봉밥
미어지게 떠 넣어도 미동도 없고
그 수면 아래엔 무엇이 살까 내 속에는
네가 닿을 수 없는 어둠이 있고
떠먹여주어도 받아먹을 입이 없고
먼산바라기 네 눈빛 껴안고 싶어도
내겐 두 팔이 없고

문득 보이는 사물들이 거울이 되어 나를 되비치는 때가 있습니다. 모든 것이 스러진 겨울날의 풍경은 더더욱 그렇습니다. 투명한 바람이 맑게 서 있는 나무들과 골짜기, 인적 끊어진 길을 스칩니다. 그곳에서 '나'를 봅니다. 적멸입니다.

이 시는 시간의 '거울 앞에서' 두 개의 내가 서로를 응시하는 내용입니다. 현생의 '나'는 거울 속 '나'의 알지 못할 깊이 속으로 들어가 봅니다. '무명실 실타래'를 아무리 풀어 넣어도 끝에 닿지 못할 깊이로부터 나는 '여기'에 닿아 있습니다.

곧 스러질 '맥박'이 뛰고 서럽도록 큰 밥을 먹으나 알 수 없습니다. '저편'의 '나'는 이편의 '내'가 닿을 수 없는 '어둠'이고 '먼산바라기'의 '가여운 눈빛 껴안아'줄 수 없습니다. 지나간 '나'는 되돌릴 수 없어 아득합니다. 하나 그 속에는 늘 우리를 '먼산바라기'하게 하는 것이 없어지지 않고 있습니다. 올해의 '나'와 지난해의 '나'는 이렇듯 되비치며 살아갑니다.

별

이홍섭

밤하늘에 웬 짐승 한 마리 떠 있습니다
가만히 귀 기울이면
쌔근쌔근 숨소리 들리는 어리디어린 짐승입니다

애비라고, 어둠에 묻힌 늙은 짐승 한 마리도
그 옆에서 별을 핥고 있습니다

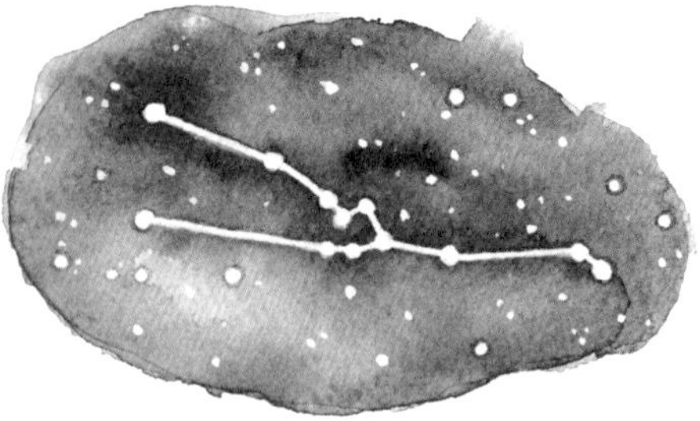

겨울 밤하늘은 유난히 광활해 보입니다. 찬 바람 속 추위 속에 서서 눈이 얼도록 하늘을 올려다볼 때가 있습니다. 오랜만에 고향에 들러 고향의 냄새, 고향의 산세를 만난 날의 밤도 그러합니다. 늙은 부모님을 두고 떠나온 날 밤 또한 그러합니다.

아이가 태어나 부모가 되어 처음 집으로 데려온 날의 저녁, 별이니 풀이니 돌이니 하는 것들이 모두 제 나름의 부모의 연을 가진 사물들로 보이기 시작합니다. 갓 세상에 온 아이 곁에서 무언가 환하고 또 무겁고 절절한 심정으로 밤하늘을 우러릅니다. 인간의 계급장은 아무것도 없이 순수한 섭리의 자장 안에서 우리는 우주의 '짐승'이거나 '별'입니다. 별자리들의 사연이 다 우리들의 이야기로 구성된 연유입니다.

별이 씻기듯 순간순간 반짝이는 것은 그 곁에서 그 '어미아비' 되는 무엇이 '핥고' 있기 때문임을 '애비'가 되어 처음 압니다.

광야曠野

이육사

까마득한 날에
하늘이 처음 열리고
어데 닭 우는 소리 들렸으랴

모든 산맥山脈들이
바다를 연모戀慕해 휘달릴 때도
참아 그곳을 범犯하던 못하였으리라

끊임없는 광음光陰을
부즈런한 계절季節이 피여선 지고
큰 강江물이 비로소 길을 열었다

지금 눈 나리고
매화향기梅花香氣 홀로 아득하니
내 여기 가난한 노래의 씨를 뿌려라

다시 천고千古의 뒤에

백마白馬 타고 오는 초인超人이 있어
이 광야曠野에서 목놓아 부르게 하리라

그림자 길게 늘이고 선 한 뜻있는 청년을 그려 봅니다. 광활한 저 만주 벌판 끝 보이지 않는 한 모퉁이, 연암燕巖 선생이 사내로서 울기 좋다고 한 그 호곡장好哭場일지도 모르겠습니다. 그곳에 이 청년을 서게 한 것이 무엇이었는지. 마음 복판에 징소리처럼 울리는 그 '뜻'은 무엇이었는지 들여다봅니다.

까마득한 시간과 공간 안에서 청년은 한갓 티끌과 다를 바 없었을 겁니다. 하지만 한번 양陽하고 한번 음陰한 것이 도道임을 모를 리 없는 이 고고한 정신은 '광야'와 '산맥'과 '강물'을 가로질러 오는 '눈 나리'는 속의 '매화향기'를 호흡합니다. 그리고 가슴 깊이 새깁니다. '천고의 뒤'를 기약할 노래입니다. 제 생애가 곧 '광야'가 되는 순간입니다.

'3월 1일 함성' 백 주년입니다. 제 이득에 눈먼 좀스러운 논쟁들 다 치우고 여기 '초인'이나 한번 간절하게 불러보는 것은 어떠한지요.

수묵화 속에 들어앉아

박종해

강은 강끼리 어울려 웅얼웅얼 이야기하며
질펀하게 흘러가는데
소나무, 잣나무는 저희들끼리 손을 잡고
무덤덤하게 서 있다.
새는 새끼리 허공에 길을 내며 날아 오르고
나는 나 혼자 강 언덕에 앉아 있다.

붓 한 자루 들고
재 넘어가는 구름을 붙들어 놓고
바다로 흘러가는 강물도 붙들어 놓고
나는 고요의 그물을 둘러친다.
조바심내지 않고 넉넉하게
시간의 뒷덜미를 잡아서 소나무 가지에 묶어둔다.
모든 갈등들이 고요 속에 빨려들어
소나무 널따란 오지랖이 느긋해진다.

둘러보면 나를 둘러싼 풍경이 깨끗한 거울이 되어 나를 향해 다가올 때가 있습니다. 내 모습마저도 깨끗한 형상으로 그 안에 오롯이 돋을새김되어 기억 속으로 옮아갈 때가 있습니다. 사람 만나는 일만이 사는 일의 중요한 부분 같지만 착각입니다. 강물, 소나무, 새들, 허공, 구름과 만나는 일이 더 큰 공부일 수 있습니다.

'붓 한 자루'로 그 지혜의 문장들, 그러니까 '재 넘어가는 구름', '바다로 가는 강물'들을 '수묵'으로 그립니다. 거기 진실한 응시, '고요'가 있으면 됩니다. 사느라고 겪었던 '모든 갈등들'을 고요 위에 비춰 봅니다. 별거 아니었습니다. 지금 우리나라 모든 강물이 풀려서 '어울려 웅얼웅얼 이야기하며' 가고 있듯이 별거 아니었습니다!

곁에 누워 본다

문동만

달빛이 곤히 잠든
엄마 등을 적실 때
그냥 엄마하고 부르고
싶을 때가 있다
부르지는 못하고
그냥 곁에 누워본다
곁에 가만히 누워 곁에
혼자 자고 있는
강아지를 바라보다
너에게도 엄마가 있었구나
또 자리를 옮겨
그 곁에 누워본다

'엄마'가 '어머니'가 되는 동안 아이는 '품'에서 '곁'으로 옮겨집니다. 그리고 어느 봄날 뚜벅뚜벅 세상 속으로 나아갑니다. 아기는 소년이 되고 어른이 되고 아버지, 어머니도 됩니다. 그러나 늘 그 '품'이 그립습니다. 세상사에 상처받은 날 찾아가 울고 싶으나 울 데가 없습니다. 홀로 남은 어머니를 찾아갑니다. 가슴에서 솟아 올라왔으나 그대로 입에 머금고 마는 '엄마'라는 말. 가장 오랜, 전생으로부터의 사원. 절하듯 가만히 '그냥 곁에 누워' '엄마'를 마음으로만 외웁니다. 이때 '달빛'이 어머니를 감싸고 있습니다. 달빛은 조금씩 짙어갔을 겁니다. 이제 하늘에 가깝다는 말이겠지요. 그 '곁에' 또 하나의 어미 잃은 것이 있습니다. 그 곁으로도 가서 누워볼 수밖에는 없습니다.

우리 삶에 '곁'이 있어 다행입니다. 세상 그 어떤 당위當爲도 이 '곁'의 침묵에 도달할 수는 없을 겁니다.

생일

오은

축하해
앞으로도 매년 태어나야 해

매년이 내일인 것처럼 가깝고
내일이 미래인 것처럼 멀었다

고마워
태어난 날을 기억해줘서

촛불을 후 불었다
몇 개의 초가 남아 있었다

오지 않은 날처럼
하지 않은 말처럼

죽을 날을 몰라서
차마 꺼지지 못한 채

실은 '생일'이 따로 있는 것이 아니지요. 오늘의 몸은 어제의 몸이 아니고 오늘의 마음이 내일의 마음과 같지 않으니 매일매일이 생일인 셈인데 관습은 늘 매년 '생일'을 기념합니다. 서양에서 건너온 생일잔치대로 케이크를 사고 촛불을 켜고 주인공이 후, 날숨을 불어 촛불을 끕니다. 하나 촛불을 모두 끄기에 힘이 없습니다. 불이 다 꺼지지 않았습니다. 가물거리는 불빛 그림자가 함께한 얼굴 모두에 얼룩을 만들었을 겁니다. '오지 않은 날처럼' 모두 침묵합니다. 준비한 '말'을 삼킵니다. 죽음을 애도하는 듯한 이 '생일' 잔치는 삶의 근원을 다시 돌이켜 보게 합니다. '고마워/ 태어난 날을 기억해줘서…' 이 평범한 한마디는 긴 그림자를 남깁니다. 그 속에 잠겨 있는 눈동자는 삶의 깊은 잠언입니다.

긴 오후

신효순

흙탕물도 비스듬히 보면
맑은 구름이 비친다
그 안에
열심인 듯 흙물을 솎아내는 누군가

엄마도
아빠도
죽은 사람 아픈 사람도

그 속에 들어가
한 가계의 흙 앙금이 서서히 가라앉는 것을 본다

가끔 격렬한 소나기가 지나가곤 합니다. 정변을 일으키는 군사들처럼 거칠게 퍼붓다 지나갑니다. 무슨 일이 있었나 싶게 짧은 시간이었습니다. 아직 '긴 오후'가 남았습니다. 군데군데 '흙탕물'이 고여 있습니다. 얕은 자리는 이내 마르지만 깊은 데는 며칠이 가기도 합니다. 그 느닷없는 폭우의 '흉터'를 오래 보아야만 할 때, 보는 자리도 여럿이어서 '비스듬히' 바라보게 되었습니다. 거기 '맑은 구름이' 비치고 있습니다. 개인사에도, 한 가계家系에도 그러한 일들이 손쓸 수 없이 지나갈 때가 있습니다. 한 공동체에도 그러합니다. 역사에도 그러하지요. '그 안에/ 열심인 듯 흙물을 솎아내는 누군가'는 분명히 있어서 천천히 '흙 앙금'은 가라앉습니다. '죽은 사람 아픈 사람도' '흙물을 솎아내는 누군가'의 일원이라는 사실의 발견은 귀중합니다. 큰물이 나면 내내 비어 있는 큰 골짜기의 역할을 알게 되는 것처럼 말이죠.

여운

천양희

풀벌레들 소리만으로 세상 울린다
그 울림 속에 내가 서 있다
울음소리 듣기 위해서가 아니라
나는 지금 득음하고 싶은 것이다
전 생애로 절명하듯 울어대는 벌레 소리들
언제 내 속에 들어왔는지 나는 모른다
네가 내 지음知音이다
네 소리가 나를 부린 지 오래되었다
시의 판소리여
이제 온전히 소리판이니
누구든 듣고 가라
소리를 듣듯이 울음도 그렇게 듣는 것이다
저 벌레 소리 받아 적으면 반성문 될까
부르고 싶은 절창의 한 소절 될까
소절 소절 내 속에서 울리고 있다
모든 울리는 것들은 여운을 남긴다

초록이 조금씩 지쳐 갑니다. 조석으로 바람의 기색이 달라졌습니다. 더위는 힘겨웠습니다. 달력을 보니 벌써 입추立秋 지나고 처서處暑가 다가옵니다. 다가오는 것이 또 있습니다. 풀벌레 소리들입니다. 문득 그 미물들의 울림 속에서 시인은 생각합니다. '전 생애로 절명하듯 울어대는' 네가 진정 시인이구나.

'지음知音' 없이 살기는 너무나 외롭습니다. 그러나 외로움 이후에나 풀벌레 울음을 알아듣습니다. 그것들이 '나'의 '지음'이었음도 알아차립니다. 그리하여 세상은 이전보다 훨씬 넓고 깊어졌습니다.

친구들도 늘어서 '나'를 둘러싼 모든 것들이 '온전히 소리판'이 되었습니다. 누구든 듣고 가면 됩니다. 그러나 세속의 귀는 그곳에 귀 기울일 리가 없습니다. '울림'과 '여운'에 어둡습니다. 하지만 진짜는 늘 그 속에 숨어 있게 마련이지요. 밤하늘의 별들과 함께 초롱초롱 알아듣게 된 풀벌레 소리…. 곁에서 뒤척이는 시절입니다.

현상곡예絃上曲藝

박성룡

참고 견디다 못해
마음이 허탈해지면
바흐를 듣는다.
바흐의 그 가늘고 기인 현絃을 타고
어느 꿈나라에라도 향하다 보면
내 허탈에도 다소
탄력彈力이 생긴다.
누구누구의
죄가 아니다.
그것은 우리 모두의 죄이다.
우리 모두 무엇엔가 허기져서
허탈해진 상태.
지식知識이 오히려
쑥이 된 상태.
줄타기 곡예단원曲藝團員이
높은 공중에서 줄을 타듯
나는 오늘밤 바흐의 현絃을 탄다.

바흐의 현絃 위에서는

좀처럼 거드름을 피워도

낙상할 염려가 없다.

며칠 전화기 없이 지냈습니다. 습관이란 무서워서 처음에는 손 둘 데, 눈 둘 데를 빼앗긴 듯 허전했습니다. 하나 차츰 산행山行 때의 기분으로 바뀌어가는 것이었습니다. 맑고 고요한 골짜기로 천천히 걸어 들어가는 기분이라 하면 과장이지만 주위의 사물들이 하나씩 살아나더군요. 보고 느낄 것이 육체의 눈앞에 실재하는 게 비로소 '삶'일 겁니다.

삶의 현장에서 무너진 마음을 추스르느라 바흐 음반을 올렸습니다. 그의 음악은 '시원한 불'과 같습니다. 모난 것들을 모두 녹이지요. 신과 가까운 그의 음악이 '생활'에 묻습니다. '그것은 우리 모두의 죄'가 아니었느냐, 하고요. 그러한 성찰이 온 후 마음은 온전히 바흐의 '현' 위로 올라갑니다. 그 위에서의 '거드름'은 괜찮습니다. 그것은 아름다움에 취醉한 거니까요!

꽃나무

이상

벌판한복판에꽃나무하나가있소.근처近處에는꽃나무가하나도없소.꽃나무는제가생각하는꽃나무를열심熱心으로생각하는것처럼열심熱心으로꽃을피워가지고섰소.꽃나무는제가생각하는꽃나무에게갈수없소.나는막달아났소.한꽃나무를위爲하여그러는것처럼나는참그런이상스러운흉내를내었소.

우리 문학사에서 만약 이상이 없었다면 그 공허와 허전은 상상하기 어렵습니다. 그 가정 하나만으로도 우리가 이상(그리고 우리들 마음에 사는 예술가들)을 기려야 할 이유는 충분하지요. 이상이 남긴 문학의 광맥은 파내도 파내도 다하지 않을 겁니다. 미소를 지으며 저만큼 달아나는, 끝내 저항하는 의미망. 그 의미망을 따라가며 얻는 즐거움과 창조적 영감의 가치를 이른바 '컨설턴트'라는 데에 의뢰하여 계산해 보면 어떻게 나올까요. 속된 궁금증마저 생겨납니다.

입술을 적시고 나서 줄줄줄 외워보면 어느 순간 눈물이 핑 돕니다. 벌판에 꽃나무가 하나 오롯이 피어 있습니다. 그리움에 타는 듯한 그 오롯한 꽃나무. 마음이 쏟구쳐올라 꽃이 된 겁니다. 이 순진한 소년은 그 꽃나무의 심정이 되어서 뜀박질을 했습니다. 이 소년도 벌판의 홀로 핀 꽃나무였기 때문이지요.

북관北關 - 함주시초咸州詩抄 1

백석

명태明太 창난젓에 고추무거리에 막칼질한 무이를 비벼 익힌 것을
이 투박한 북관北關을 한없이 끼밀고 있노라면
쓸쓸하니 무릎은 꿇어진다

시큼한 배척한 퀴퀴한 니 내음새 속에
나는 가느슥히 여진女眞의 살내음새를 맡는다

얼근한 비릿한 구릿한 이 맛 속에선
까마득히 신라新羅 백성의 향수鄕愁도 맛본다

언젠가 떠난 지 오래인 고향에 가서 이웃집의 김장김치를 맛보고는 그 속에서 깨어 걸어나오는 한 미소를 마주하고는 나도 몰래 먼 하늘을 바라본 적이 있습니다. 그 고장의 물산으로 된 그 고장의 김치맛은 내 뼈가 무엇으로 여물었는지 새삼스레 알게 했습니다. 정작 고향에서도 요즘은 '종갓집' 김치를 먹는 일이 다반사니 오래 잊고 있었던 내 '살냄음새'를 맡는 기분이었던 셈입니다.

북관은 함경도 지역을 지칭합니다. '창난젓에 고추무거리에 막칼질한 무이를 비벼 익힌 것'이 곧 '북관北關'이라고 백석은 말합니다. 그렇습니다. 몸이 '알아차리는 북관'과 관념이 '이해하는 함경도'는 이렇게 다른 겁니다. 과연 무엇이 진짜일까요? 알아차리는 것과 이해하는 것은 무엇이 다를까요? 알아차리는 것은 통째로 아는 것이요, 이해하는 것은 알고 싶은 것만 아는 것이죠.

이어서 이 '식혜'의 맛과 내음새는 북으로는 여진女眞으로 달려가고 남으로는 신라新羅로 뛰어갑니다. 혀끝의 '맛'이 한 문화의 계통으로까지 뚫고 들어가는 이것이야말로 고대로부터 미래에 걸쳐진, 속된 말로 '모더니즘'이 아니고 무엇일까요. '얼근한 비릿한 구릿한', 이 모더니즘을 피자나 파스타, 스파게티의 얼치기 모더니즘에 비하겠습니까. 신라 경주로부터 저 관동 팔경 지나 금강산 지나 원산, 청진 지나 회령에 이르는 길을 '모던 보이'로 둘러보고 싶습니다. 그런 날이 오면 공복을 만들어서 저 '투박한 북관'을 '끼밀며' 쇠주를 해야겠죠?

제발 우리나라 정치여, 그런 날로 기울어 가자! 퀴퀴한 명태 창난 아가미 식혜에 쇠주나 한잔할 수 있는 쪽으로 가자!

3부

벽은 순간
한 생이 지나가는
은막이 되었습니다

북

김영랑

자네 소리하게 내 북을 치제

진양조 중머리 중중머리
엇머리 자저지다 휘몰아보아

이렇게 숨결이 꼭마저사만 이룬 일이란
인생에 흔치 않어 어려운 일 시원한 일

소리를 떠나서야 북은 오직 가죽일 뿐
헛 때리면 만갑萬甲이도 숨을 고쳐 쉴밖에

장단을 친다는 말이 모자라오
연창演唱을 살리는 반주伴奏쯤은 지나고
북은 오히려 컨덕터—요

떠받는 명고名鼓인듸 잔가락을 온통 잊으오
떡떡궁! 동중정動中靜이요 소란 속에 고요 있어

인생이 가을같이 익어가오

자네 소리하게 내 북을 치제

날로 햇빛 찬란하니 나무들이며 바위며 집들의 그림자도 짙어집니다. 햇빛 속의 사물들이 노래(소리)라면 그림자는 반주(북)의 역할일 듯싶습니다.
우리 풍류에 밝았던 영랑永郞의 시편들에 묻어 있는 '멋'은 찌든 마음을 씻기에 맞춤입니다.
여기 즉흥 판소리 판이 벌어졌습니다. 가락을 돋워주는 고수鼓手가 조연助演 같지만 실은 '컨덕터'임을 이 '귀명창'은 발견하고 찬양합니다.
명창의 '소리'를 붙잡고서 이리저리 이끌며 노니는 것이지요. 흥과 흥 사이, 박자와 박자 사이에 깊은 '고요'를 새깁니다. 거기 '가을' 같은 생의 심연이 비쳐집니다.

金星라디오

김수영

金星라디오 A 504를 맑게 개인 가을날
일수로 사들여온 것처럼
伍백원인가를 깎아서 일수로 사들여온 것처럼
그만큼 손쉽게
내 몸과 내 노래는 타락했다

헌 기계는 가게로 가게에 있던 기계는
옆에 새로 난 쌀가게로 타락해가고
어제는 카시미롱이 들은 새 이불이
어젯밤에는 새 책이
오늘 오후에는 새 라디오가 승격해 들어왔다

아내는 이런 어려운 일을 어렵지 않게 해치운다
결단은 이제 여자의 것이다
나를 죽이는 여자의 유희다
아이놈은 라디오를 보더니
왜 새 수련장은 안 사왔느냐고 대들지만

공업 제품의 고유 번호가 시에 정식으로 등장한 것은 아마도 이 시가 처음이지 싶습니다. 52년 전에 발표했으니 이 제품도 이제 골동이 되어 어느 장식장을 꾸미고 있을 겁니다. 금성사의 국산 4호 진공관 장착 라디오라고 합니다.

가난한 시인의, 소심한 가장의, 지식인의 내면이 이토록 투명하게, 이토록 서글프게 드러난 시가 또 있을까요? 첨단 상품의 유혹을 이기지 못하고 '일수'로 들여놓는 '타락'을 이 시는 정면으로 응시합니다. 헌 기계는 집에서 가게로, 가게에 있던 기계는 새로 난 쌀가게로 차례대로 밀려나는 통찰을 통해 소외 문제를 드러냅니다.

'결단은 이제 여자의 것이다'라는 예지력 있는(?) 선언이 흥미롭습니다. 반세기 전의 첨단 노래가 '제품 번호'를 달리하여 펄펄 살아 있습니다.

시골길 또는 술통

송수권

자전거 짐받이에서 술통들이 뛰고 있다
풀 비린내가 바퀴살을 돌린다
바퀴살이 술을 튀긴다
자갈들이 한 치씩 뛰어 술통을 넘는다
술통을 넘어 풀밭에 떨어진다
시골길이 술을 마신다
비틀거린다
저 주막집까지 뛰는 술통들의 즐거움
주모가 나와 섰다
술통들이 뛰어내린다
길이 치마 속으로 들어가 죽는다.

아름다운 우리말이 즐비합니다만 '술'이라는 단어는 발음으로도 모양으로도 참 술답습니다. 거기에 '통'을 더하면 '술통'인데 이 복합명사야말로 그 의미가 낱개의 합보다 커지는 것을 느낍니다. 모든 '통'들은 무겁겠습니다만 술통만은 그 손잡이 아래에 놀라운 상승력을 가진 깃털이 달려 있다는 것을 잘 모르는 사람도 많을 겁니다.

'시골길'의 의미도 화사합니다. 도시의 구획된 반듯한 길은 인정머리 없는 교환 가치의 편의를 위한 길이지요. 둥글둥글 유연하게 이어지는 길, 한눈도 좀 팔다가 가끔은 목적지도 잃어버리는 길, 참으로 인간적인 길입니다. 그 길에 술통이 이동합니다. 커다란 '꽃다발'의 이동이고 '축제'의 이동이고 화해와 용서와 '다 괜찮아'의 이동이기도 합니다. 그러니 도착해서는 '술통들이 뛰어내릴' 수밖에요. '평화와 번영'이란 말이 떠돕니다만 번영의 풍경도 흥겹기 저쯤 되는 풍경이었으면 합니다.

앞이 안보여 지팡이로 더듬거리며

신경림

앞 못 보는 사람이 개울을 건너고 있다
지팡이로 판자 다리를 더듬으며
빠질 듯 빠질 듯 위태롭게 개울을 건너고 있다
나는 손에 땀을 쥔다 가슴이 죈다
꿈속에서처럼 가위 눌려 소리도 지르지 못한다

그러다 문득 나는 개울을 건너고 있는 것이
그가 아니라 나 자신이라는 것을 안다
앞이 안보여 지팡이로 더듬거리며 빠질 듯 빠질 듯
위태롭게 개울을 건너고 있는 것이
우리들 바로 자신이라는 것을 안다
사람들이 소리도 지르지 못하고
안타깝게 발을 동동 구르고 있는 그 앞을

침 맞을 일이 있던 어느 봄날입니다. 앞 못 보는 침술사 선생님께서는 이렇게 인사를 하시는 것이었습니다. 꽃 한창이니 늦기 전에 꽃구경도 많이 다니고 하시라고. 그 구김 없이 개운한 마음씨에 반하지 않을 수 없었습니다. 앞 못 보는 분들은 계절을 소리와 향기로 겪는다는 이야기도 같이 들었습니다.

엘리베이터 같은 데서 점자를 물끄러미 바라볼 때가 있습니다. 그분들의 눈은 어디 있는가? 심안心眼이란 무엇인가?

이 시는 '판자'로 엮은 위태로운 다리 위를 지팡이로 더듬어 걷는 것이 인생이라고 말해줍니다. '손에 땀을 쥐고 가슴이 죄는 삶' 말입니다.

하루에 한 번 어김없이 어둠이 오고 앞이 흐려질 때 우리는 마음의 눈을 생각해야 하겠지요. 그 길을 더듬어 가야 하겠지요.

벗어놓은 스타킹

나희덕

지치도록 달려온 갈색 암말이
여기 쓰러져 있다
더 이상 흘러가지 않을 것처럼

生의 얼굴은 촘촘한 그물 같아서
조그만 까끄러기에도 올이 주르르 풀려나가고
무릎과 엉덩이 부분은 이미 늘어져 있다
몸이 끌고 다니다가 벗어놓은 욕망의
껍데기는 아직 몸의 굴곡을 기억하고 있다
의상을 벗은 광대처럼 맨발이 낯설다
얼른 집어들고 일어나 물속에 던져넣으면
달려온 하루가 현상되어 나오고
물을 머금은 암말은
갈색빛이 짙어지면서 다시 일어난다
또 다른 의상이 되기 위하여

밤새 갈기는 잠자리 날개처럼 잘 마를 것이다

고단한 누님의 스타킹을 오래전 본 일이 있습니다. 뿌리친 물건의 표정에서 옥죄인 하루가 읽히곤 하지요. 스타킹은 살에 가까운 여성의 옷. 거기에도 숨은 인류사의 비애가 섞여 있을 겁니다.

한 '일하는 여성'의 저녁 일상이 들춰지면서 '암말'로 환치됩니다. '암말', 노자老子의 어느 구절에 의하면 '현빈玄牝'이라 부른 세상을 낳는 아름다운 말입니다. 짧은 순간이지만 이 암말이 걸어온 초원의 여로가 환하고도 아득합니다. 그러나 이내 그것은 욕망이 끌고 다닌 허물이라는 자각이 옵니다. 하찮은 어떤 것에도 쉽게 올이 풀어지니 그렇습니다.

건강한 암말이 이내 '광대'로 바뀝니다. 내일이면 스타킹은 또다시 '몸의 굴곡', 욕망의 '굴곡'을 죄이기 위해 빨래 통으로 들어갑니다. 이 시 이후 스타킹은 더 이상 '의상'만으로 느껴지지 않습니다.

저 나비

허수경

때로 버려지는 아픔이여 때로 노래하는 즐거움이여
때로 오오 하는 것들이여 아아 우우 하는 것들이여
한 세계를 젊어진 여린 것들의 기쁨이여
그 기쁨의 몸이 경계를 허물며 너울거릴 때 때로 버려지는
아픔과 때로 노래하는 즐거움의 환호 그 환호의 여림
때로 아아 오오 우우 그런 비명들이 젊어진 세계여
때로 아련함이여
노곤한 몸이 젊어지고 가는 마음

정원에 꽃들이 피니 나비들이 옵니다. 교훈적인 한마디! 나비를 부르려면 꽃을 심어야 한다는 것.
나비를 봅니다. 나비를 물끄러미 봅니다. 나비를 물끄러미 볼 만한 사람은 성찰하는 사람이거나 아픈 사람이거나 '버려진' '노곤한 몸'을 가진 사람일 겁니다.
나비는 분명 꽃에 앉아 노래하지만 소리는 없습니다. 날개가 노래이고 날개로 비명을, 때로 환호를 지르지요. 꽃 위에 앉아 조용조용 움직이는 두 날개가 '아아', '오오', '우우', 이런 소리를 닮았음을 이 시에서 만납니다. 우리가 내뱉는 두 마디의 절제된 감탄이나 탄식을 그림으로 그린다면 '저 나비'로 형상화해야만 하겠군요.
여리디여린 나비에게서 버려진 영혼을 봅니다. '노래하는 환호'도 봅니다. 알 수 없는 어둠의 경계를 벗고 나온 존재, 보이는 모든 경계를 벗어날 수 있는 존재이기에 '아련함이여'라고 적습니다. 아프다는 먼 시인의 소문*이 가짜이기를 빕니다.

* 허수경 시인은 이 글이 발표되고 석 달 후 세상을 떠났다.

진흙 논에 드리운 백일홍 그림자

이영광

봉선사 범종 소리는
범종을 버리고
절을 버리고
세상 끝 지평선을 무너뜨리고 있는데

사자후는 멀어라
진흙 논에 드리운 백일홍 그림자,
찬물을 벌겋게 데우는
이 세상 군불

홍조를 띄우고 그대 내 곁에서
갱년기更年期로 웃을 때

절의 종소리 듣게 될 때가 있습니다. 그때마다 하는 수 없이 눈의 높이가 낮아집니다. ‘지평선을 무너뜨리는 소리’이기 때문입니다. 가 닿지 않는 데 없는 소리라는 뜻이겠지요. 무엇에 가 닿기 위해서는 우선 있는 것을 버려야 한다니 그게 사람살이의 슬픔이고 한계일 겁니다. 마주하는 죽음이나 이별이 슬픈 건 과거가 아주 버려지지 않아 그러할 겁니다.

둘러보니 백일홍 꽃, 그림자가 찬물을 데우고 있는 풍경 속에 있었다는 것을 문득 알아차립니다. 1년을 일생으로 치면 백일홍은 가을을 눈앞에 두고 있는 꽃이니 갱년기의 홍조를 닮았습니다. 범종 소리처럼 아주 버릴 수 없는 것들 많아 서글퍼지는 게 범부들의 삶입니다. 버리고 떠나는 무변無邊의 삶이고 싶습니다만 아직 멀었습니다!

언덕

박덕규

무얼 했니?
원래는 삐죽 솟은 산이었는데
자꾸 미끄러져 내려서
그렇게 나지막해진 거니?

무얼 했니?
원래는 아득한 벌판이었는데
점점 쌓이기만 해서
그렇게 웅크리게 된 거니?

바람은 왜
여기 와서 기웃거리니?
너와 나는 오늘밤
뜬눈으로 보내야 하는 거니?

언덕! 발음으로나 의미로나 좋기만 하군요. 나쁜 일이라고는 일어날 것 같지 않아요 언덕에서는. 각角이 아니라 원圓이잖아요 언덕은. 절벽의 가파름과 평지의 지루함이 아니어서 절망이나 권태를 주지 않지요. 감춤과 드러냄이 반씩 섞인 일종의 춤사위의 지형이지요. 언덕에 누워본 적이 있으신지요. 소의 잔등에 기댄 것처럼 숨 쉬는 언덕을 느껴본 적이 있으신지요. 소풍 때의 언덕이 그러했지요.

이승을 소풍이라고 얘기한 선배 시인이 있었지요. 소풍에는 우열이 따로 없지요. 적이 없지요. 증오 같은 것은 다 녹고 오만과 편견과 집착이 풀어지지요.

'삐죽 솟은 산'의 겸謙이 언덕이고 '아득한 벌판'의 기起가 언덕입니다. 소풍은 언제나 언덕에 머무릅니다. 거기서 '너와 나' 사이에 '바람'이 기웃거립니다. 육안으로는 볼 수 없는, 바람만이 아는 일이지요. 초롱한 가을 별들이 '뜬눈'으로 지새우는 가운데 언덕이 하나 새로 생겼을 겁니다. '너와 나는 오늘밤/ 뜬눈으로 보내야 하는 거니?' 앙큼한 마지막 구절! 곧 하늘이 높아질 겁니다.

안테나

송진권

- 나와?

- 안 나와

- 이제는

- 아직 안 나와

- 지금은?

- 소리만 나와

- 이제는?

- 희미해

- 그럼 이제는?

- 이젠 소리도 안 나와

- 그럼 이제는?

- 지직거리기만 해

- 지금은?

- 아니 이젠 아예 안 나와

- 더 더 올라가봐

- 이제는?

"- 지금도?", "-아주 잘 나와 됐어", "- 그만 내려와"라고 이어 쓰고 싶었을 겁니다. 왜 거기까지 마저 쓰지 못했을까요? 그 짐작은 독자의 몫!

시간 참 빠릅니다. 이십여 년 저편만 해도 지붕마다 옥상마다 안테나라는 '문명'을 세워놓고 살았습니다. 전파가 잘 잡히지 않는 산밑 시골집에서는 바람 불거나 하면 곧잘 텔레비전 화면에 비가 왔죠. 그러면 저, 시의 장면이 연출됩니다. 가난한 추억만 같아 애잔한 웃음이 절로 납니다.

이 시는 커다란 이별의 이야기이기도 합니다. 한 시대와의 이별, 청춘과의 이별, 사람 과의 이별, 가족과의 이별을 배경으로 두고 있습니다. 잘 나오다가 희미해지다가 지직거리기만 하다가 아예 안 나오게 되는 것이 범부들 삶의 오후지요. 마지막 두 물음에 답이 없는 걸로 봐서 어쩐지 저 두 사람의 대화는 영영 저렇게 그쳤을 것만 같아 아픕니다. '더 더 올라'갔거든요. 그래서 서로의 말소리들이 들리지 않거든요.

쉽고 깊고 단출합니다. 박수칩니다.

이십세기

문신

바다 가까운 공원묘지에는 이런 추모비가 있다

‘여기 잠든 사람은
이십세기에 나서 대부분을 살다가 이십일세기에 죽었다
그러니 죽은 곡절은 모두 이십세기에 있다
살아온 곡절도 거기 함께 있으니
여기에는 이십세기의 곡절이 잠들어 있는 셈이다’

추모비 옆에는 지난해 버리고 간 꼬막 껍데기들이 부서지고 있었다
그렇게 이십세기는 하나의 지층이 되고 있었다

이십세기의 초반에 우리는 나라가 없었습니다. 없는 나라에서 그래도 지금의 우리말 문장을 만들고 우리말로 된 시를 짓고 소설을 남겨 한 세기 지난 지금 무릎 치며 읽고는 합니다.

저기, 이십세기에 나서 온갖 신산한 일들 겪으며 일생을 마쳤을 범부의 삶을 떠올려봅니다. 우리네 어머니, 아버지의 공동 추모비라고 해도 되겠네요. 허나 죽은 이를 위한 말이 아니라 산 자들에게 하는 말이지요.

이십세기 중반에 태어난 이들이 지금 중한 나랏일들을 하고 있습니다. '이십일 세기의 곡절'을 남기고 있는 셈이지요. '이십세기의 곡절'을 거울삼자는 추모비의 숨은 뜻이 서늘합니다.

그 곁의 '꼬막 껍데기'가 재밌습니다. '패총'이라는 말이지요. 패총의 흔적으로도 역사는 남는다는 '교훈'도 숨어 있습니다.

침식

김선태

어머니
돌아가신 후
고향 바닷가에서

뼈만 남은
기슭에 기대어
나는 울었다

뭉클한 갯벌을
맨발로 걸으며
나는 울었다

파란과 굴곡의
해안선 내달리며
가슴을 쳤다

돌아올 때

침식이라는 말이

가슴을 쳤다

평시에 남해안 썰물의 풍경은 무덤덤하게 보이기도 했습니다. 그런데 나를 가장 사랑했던 어머니를 보내고 세상에서 외롭고 외로운 '아이'가 되어 가 보니 어머니의 모습이 펼쳐져 있습니다.
'뭉클한 갯벌' 같았고, '뼈'만 남은 기슭이었고 '파란과 굴곡'뿐이었던 '해안선'의 삶을 딛고 자라난 '나'는 이제야 눈물을 배웁니다.
어머니를 '침식'하며 살았다는 것, 그 회한이 잔재주 없이 수수하고 절절합니다. 물 찬 한려수도의 찬란함도 있었겠습니다만 그것은 잠시뿐. 가을입니다. '가을이 왔어요'라고 말할 어머니가 있다면 참 다행인 계절입니다.

소리 씨앗

김명수

늙은 호박 하나, 한아름이다
덤불이 메마르자 형상이 드러났다
누런 겉껍질 흉터도 있다
소리는 어떻게 숙어졌나
목젖 떨림이 잦아지면서
가랑비에 소나기 스며 있었다
천둥 번개도 잠재웠으리라
구린내도 오랫동안 품어왔으니
그렇다면 구린내도 소리가 되고
한줄기 소변도 시원하리라
스스로 말하고 스스로 들었다
소리는 이제 없고 소리 씨앗만
주름진 흉중에 품고 있어라

서 있는 나무들, 언덕을 기던 넝쿨들, 파랗던 풀잎들 모두 시들어갑니다. 서리가 내린다는 상강霜降 지났으니 식물들의 한해살이는 그쳤습니다. 울타리 너머 덤불이 시들자 한아름이나 되는 호박 하나가 반가운 손님처럼 와 있습니다.

눈에 띄지 않는 자리에서 나서 세상에 나오지 않은 듯이 한 생을 완성한 모습에 흉터와 주름이 없을 리 없습니다. 문득 늙은 호박이 숨어서 들었을 소리들은 어떻게 갈무리했을까 궁금합니다. 그 언덕을 지나던 수많은 소리들, 천둥 번개의 환란이 없지 않았을 겁니다. 사람도 늙어지면 목소리가 가랑비 같아집니다. 그 안에 젊은 날의 소나기 소리도 스며 있는 것이지요. 그 주름들에서 소나기를 떠올려봅니다.

보는 이 없을 것 같아 실례했던 인간의 구린내며 소변 소리마저도 다 '흉중에 품어' 한 넉넉한 결실이 되었습니다. 아무렇지도 않은, 호박 하나 덩그러니 놓인 풍경에서 '스스로 말하고 스스로 듣는' 한 은일자隱逸者의 얼굴을 봅니다.

정거장 가는 길

김이강

덜컹거리는 버스를 타고 도시를 달린다
양파를 얻으러 가는 길이었는데
도무지 정거장 이름이 생각나지 않는다
나는 다시 전화를 건다
엄마, 거기가 어디라고 했었죠?
예, 양파 얻어오라고 하셨잖아요?
엄마에게 답을 듣고 끊었는데도
달리는 버스에서 내릴 수가 없고
벨은 손에 닿지 않는 곳에 있다
다시 전활 걸어볼까?
맞은편에서 오는 버스 기사가
우리 버스 기사를 향해 손을 올린다

낮에는 구름을 구경했는데
밤에도 구름이 보여서 손을 흔들었다

엄마는 왜 양파를 얻어오라는 심부름을 시켰을까요? 버스까지 타고 가는 먼 거리를 그깟 양파 정도를 얻어오라고 시켰는지. 그리고 그 정거장 이름은 도대체 뭐였을까요? 이 시는 우선 그런 질문을 던집니다. 게다가 이 아이는 왜 또 그렇게 아이답지 않게 건망증이 심할까요? '엄마'에게 전화를 해서 재차 답을 듣고도 버스에서 내릴 수가 없네요. 저런, '벨'마저도 손 닿지 않는 멀리에 있군요. 남의 속도 모르고 버스 기사님 여유롭습니다. 마주 오는 버스 기사에게 손까지 흔들며 인사합니다.
답은 '양파'에 있습니다. 벗겨도 벗겨도 끝내 '속'은 나오지 않습니다. '결론'이 없는 셈이죠. 맵기만 한 '과정'뿐이죠. 인생이 그러하지 않던가요? '하숙생'이란 노래 구절처럼 인생은 한낱 '뜬구름'과 같다고 생각하니 웬걸 밤에도 '구름'이 보입니다. 이 조숙한 꼬마 철학자가 귀엽기 한량없습니다.

탁! 탁!

이설야

마을버스에서 내린
맹인 소녀의 지팡이가 허공을 찌르자
멀리, 섬에서 점자를 읽고 있던 소년의 눈이
갑자기 따가워지기 시작한다

도다리가 잠든 횟집 앞
무거운 책가방을 든 소녀가 휘청거리며 지나간다
오른손에 움켜쥔 지팡이가 갈라진 보도블록을
탁! 탁! 칠 때마다 땅속 벌레들의 고막이 터진다

허공 어딘가 통점을 꾹. 꾹. 찌르며
헛발 딛는 소녀의 종아리가 되어
집을 찾아가는 지팡이

무수한 길들이
종아리 속에 뻗어 있다

시각장애인을 마주칠 때가 있습니다. 문득 숙연해집니다. 그리고 '길'이 옵니다. 저들의 길은 어떤 빛으로 밝혀지는 것일까? 그 순간 그와의 '마주침' 자체가 이미 '빛'이었음을 알아차립니다. 그는 몰랐을 겁니다. 자신이 평범한 어느 일상인에게 긴 여운의 화두와 빛의 역할을 했다는 사실을. 시각장애인 소녀와 먼 섬에 있는, '눈이 따가운' 소년의 관계는 시에 나와 있지 않습니다. '마을버스'를 이용하고 '도다리가 잠든' 횟집 앞을 지나는 고단한 공부 길입니다. 세상을 헛디디며 '집을 찾아가는' 길입니다. 이 대목에서 그의 모습은 우리 모두의 모습으로 바뀝니다. '무수한 길들' 사이에서 진정한 자기 '집'을 '찾아가는' 일에 우리는 모두 시각장애인이 아닌지요.

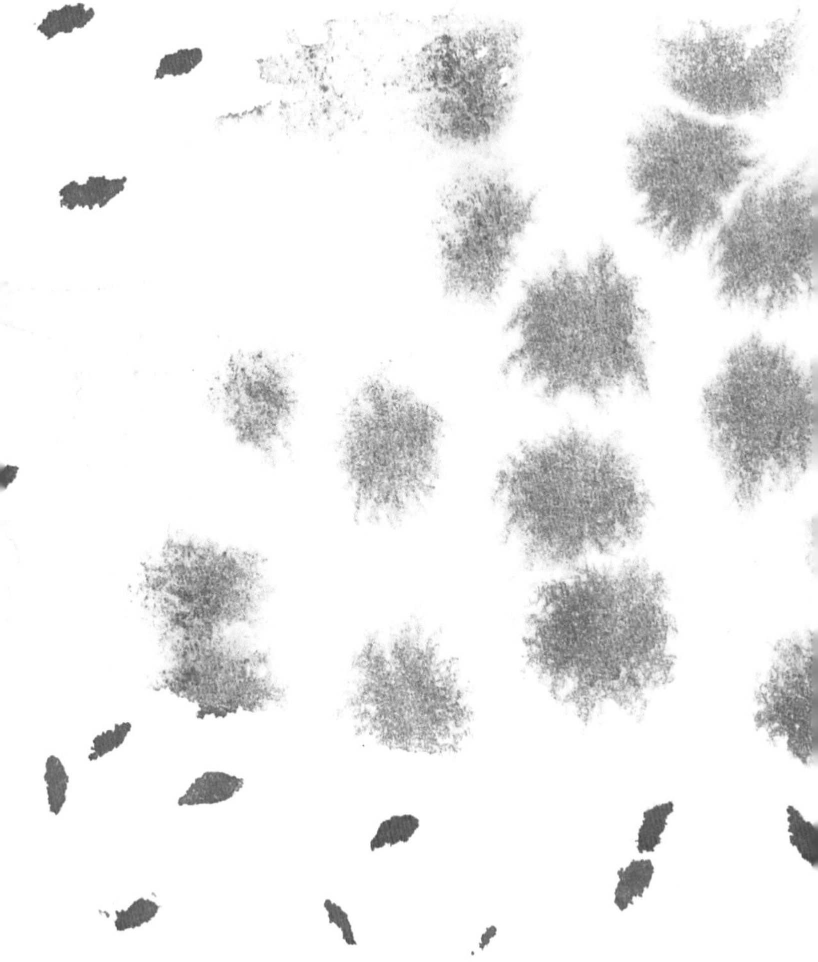

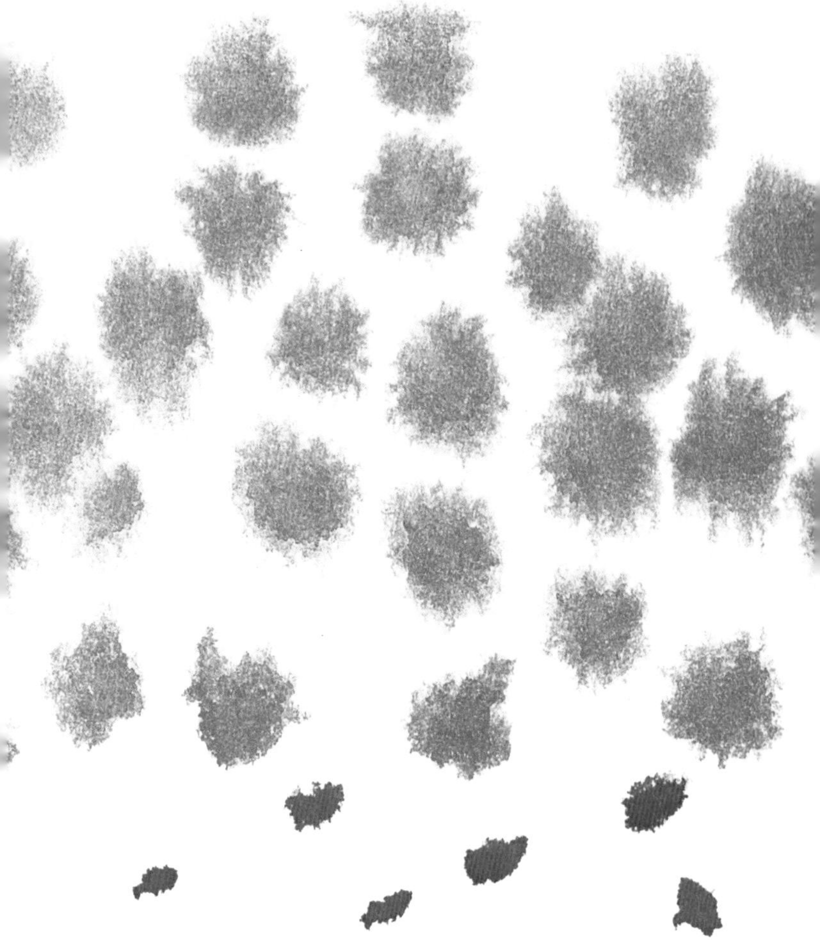

실용적인 독서

권현형

책을 읽겠다고 매일 타던 자전거를
고삐처럼 매어놓고 내려왔다
책은 무슨 책, 바닷가 여관
비릿한 아랫목
똬리를 틀고 한 사나흘 앉았으니
남의 살 생각이 간절하다
시집 위에 냄비째 올려놓고
라면 먹을 때도 계란 생각
장자 위에 밥솥째 올려놓고
맨밥 먹을 때도 고기 몇 점 생각
창틀에 턱 올려놓고
밤새 바라보는 파도가
젖은 아랫도리처럼 보이기도 한다
읽히기도 한다
생각은 생각을 낳는다
두꺼운 책일수록 실용적이다
책을 읽겠다고 매일 타던

소를 잡아 먹는다

한겨울 식물들은 단단한 껍질 속으로 생명을 수렴합니다. 북풍한설 아래에서 숨죽여 미래를 간직합니다. 이쯤이면 사람도 잠시 일손을 놓고 생각해야 합니다. 인생의 겨울에 대해서, 생의 궁극에 대해서 말이죠.
혹자는 책 몇 권을 싸들고 일상을 벗어납니다. 너른 동해 바다를 창으로 매단 여관의 '비릿한 아랫목'에 묵습니다. '책은 무슨 책'! 고적과 허기가 엄습합니다. '시집'이니 '장자'니 하는 것들은 다 '냄비받침'이 되어버렸습니다. 더 두껍고 실용적인 책을 읽습니다. 육체의 허기, 비루한 실존을 읽는 일입니다. 밀리는 파도가 '젖은 아랫도리처럼 보이기도', '읽히기도' 한다는 참담한 고백 앞에서는 못 볼 상처를 본 듯 아픕니다.
그 어떤 '시집'보다, '장자'보다 '실용적'이고 '두꺼운 책'은 바로 이 같은 가난한 여행을 통해 알게 됩니다. 지금 마주한 자기 자신, 지금 눈앞에 펼쳐진 우주의 일을 읽는 일이 그것입니다. 그 속에서 진실한 '고독'을 발견합니다.

대장장이

정한아

누굴까.

맨 처음 쇠를 구워보자고 생각한 사람은.

그는 시꺼멓고 땀으로 번들거리며 웃통을 벗고 있고

정교하고도 힘찬 손놀림으로 불과 냉수 사이를 오가며

아름다울 금속 물질을 단련시킨다.

그것은 값비싼 금이나 은이 아니라 강철이다.

이 차갑고 단단하고 정교한 사물을 만들기 위해

오늘도 그는 뜨겁고 검게 빛나고 있다.

그의 눈빛은 신념으로 가득 차 있을 것이다.

입은 굳게 다물어져 있을 것이다.

싸구려 말로 천냥 빚을 갚으려는 자들과 달리

딱딱한 침대에서 잠들 것이다.

그러나 그는 개의치 않으리라.

크리스마스가 내일입니다. 오늘 저녁은 거리의 불빛들과 그 아래 지나는 행인들의 표정이 환해지는 날입니다. '서양 나라에서 온' 명절답게 오색 불빛들이 반짝이는 가운데 뿔이 길고 코가 빛나는 예쁜 사슴이 썰매를 끌고는 곧 허공을 달려 내려올 듯 도심의 거리는 화려할 겁니다.

오늘 같은 축제일에 웬 무뚝뚝한 시냐고요? 천만에요. 저 대장간의 풍경만큼 깊이와 지혜를 던지는 아름다운 풍경도 달리 없습니다. 불과 물 사이의 노동, 그리고 점점 낭랑해지는 망치 소리의 연금술! 시인은 저 대장장이를 예수에 견주어 그리진 않았겠으나 오늘은 예수의 모습으로 읽습니다.

가자미

김영희

지붕들이 나지막한 가진항을 지나다
횟집 지붕 위 지느러미 말라가는 가자미들을 본다
노조에서도 밀려난 계약직처럼 수족관에서도 퇴출당한
횟감조차 될 수 없는 물 간 생
낮은 지붕 위 납작 엎드려 옆 눈으로 하늘이나 흘기며
멀쩡한 해풍에 지느러미나 앙칼지게 세워본다
나지막한 가진항

한겨울 한파 때 바다 여행의 맛은 색다릅니다. 날 세워 몰려오는 파도 앞에서 양손으로 귀를 싸매고는 잔뜩 웅크린 우리네 작디작은 생을 발견하는 일이라니! 바다는 왜 그리 매번 젊어지기만 하는 것인지. 거기 비로소 아름답고 힘센 왕이 나타나니 바로 적막입니다. 적막 왕국의 백성이 되려고 가끔 그곳에 가곤 합니다. 가진항. 동해 북부에 있는 항구입니다.
항구에 인적은 없고 낮은 지붕에 바람 소리와 함께 생선들이 마르고 있습니다. 좋은 것들은 다 팔려갔고 그렇고 그런 것들이 남아 '옆 눈으로 하늘이나 흘기며' 마르는 풍경 앞에 오래 서 있습니다. '노조에서도 밀려난 계약직' 같은 절실한 생이 그 풍경 위에 겹쳐지기도 합니다. 바람에 들썩이는 지느러미라니. 그것도 '앙칼지게 세워보'는 지느러미라니. 겨울 '나지막한' 항구에 들러 우리 생의 지느러미를 점검해보는 것은 어떠한가요.

이마

신미나

장판에 손톱으로
꾹 눌러놓은 자국 같은 게
마음이라면
거기 들어가 눕고 싶었다

요를 덮고
한 사흘만
조용히 앓다가

밥물이 알맞나
손등으로 물금을 재러
일어나서 부엌으로

누렇게 바랜 비닐 장판 위에서 산 적이 있습니다. 손톱으로 누르면 그대로 자국이 생기는 장판입니다. 코를 훌쩍이며 거기 엄지손톱을 세워 꾹꾹 누를 때 이마 위에는 올려다볼 수 없는 어떤 존재가 있었을 겁니다. 쓰라린 상처와 공복의 저녁도 함께 있기 마련이지요. 학비를 제때 줄 수 없어 낮아진 아버지의 음정이 거기 있었을 수도 있습니다.

그 장판에 새겨지던 자국을 이마에서 발견할 때가 있습니다. '바닥'에 새기던 '마음'을 이제는 바닥이 되어 눕게 된 아버지 생의 '이마'에서 다시 보게 되는 겁니다. 다시 만난 그 '마음'은 우리를 붙잡고 놓지 않습니다. 껴안고 앓는 수밖에 없습니다.

그런 저녁에도 그러나 어머니가 그랬듯이 조용히 부엌에서 밥물을 잽니다. 새겨진 눈금으로 계량하지 않는, 손등으로 가늠하는 그 '밥물' 속에서 무궁한 신령함을 봅니다.

대학 시절

기형도

나무의자 밑에는 버려진 책들이 가득하였다
은백양의 숲은 깊고 아름다웠다
그곳에서는 나뭇잎조차 무기로 사용되었다
그 아름다운 숲에 이르면 청년들은 각오한 듯
눈을 감고 지나갔다, 돌층계 위에서
나는 플라톤을 읽었다, 그때마다 총성이 울렸다
목련철이 오면 친구들은 감옥과 군대로 흩어졌고
시를 쓰던 후배는 자신이 기관원이라고 털어놓았다
존경하는 교수가 있었으나 그분은 원체 말이 없었다
몇 번의 겨울이 지나자 나는 외톨이가 되었다
그리고 졸업이었다, 대학을 떠나기가 두려웠다

이십 대의 마지막 봄, 이제 막 움트기 시작한 봄꽃들 보지 못하고 그는 서둘러 청춘을 마감했습니다.

지난주가 기형도의 30주기였습니다. '한 세대'가 갔습니다. 기형도는 저 '대학 시절'을 떠난 지 불과 몇 해 만에 이 세상과 이별했습니다. 그보다 40여 년 전 윤동주가 '한 점 부끄럼'을 앞에 두고 '잎새에 이는 바람에도 괴로워했다'('서시')고 고백하고는 이승을 하직했던 그 숲입니다. 일제와 독재하의 '진리'로서의 '아름다운 숲'을 앞에 두고는 '각오한 듯 눈을 감아야' 했고 꽃 피는 철이 오면 역설적이게도 '감옥과 군대'로 흩어지던 시절이었습니다. 다시 그를, 불행했던 세대의 청춘들을 추모합니다. 다시는 그 '은백양의 숲'에 '버려지는 책'이 있어서는 안 되겠습니다.

앙큼한 꽃

손택수

이 골목에 부쩍
싸움이 는 건
평상이 사라지고 난 뒤부터다

평상 위에 지지배배 배를 깔고 누워
숙제를 하던 아이들과
부은 다리를 쉬어가곤 하던 보험 아줌마,
국수내기 민화투를 치던 할미들이 사라져버린 뒤부터다

평상이 있던 자리에 커다란 동백 화분이 꽃을 피웠다
평상 몰아내고 주차금지 앙큼한 꽃을 피웠다

바람결이 좋은 시절입니다. 목에, 팔에 비단처럼 감깁니다. 꽃 피고 새 울던 맑은 날의 얘기입니다. 인간이 만들어낸 먼지들의 습격이 있기 전의 얘기입니다.

꽃 피기 시작하면 골목의 담 그늘에 평상들이 놓였습니다. 바람을 벗하기 위함입니다. 풍광 좋은 자연 속에 정자가 있었듯이 인심 좋은 동네 어귀의 풍경이었습니다. 거기 '평상 문화'라고 부를 만한 아녀자들의 소박한 문화가 만들어졌습니다. 아이들이 숙제를 하고 그 곁에서 '걷는 일'을 하던 분들이 쉬며 '바깥소식'도 내놓습니다. 할머니들이 살아온 내력으로 동네 아이들의 상상력을 길러줍니다. 이런저런 갈등거리들이 풀리고 기쁨이 엮이던 여백과도 같은 공간이었습니다. 언제부터인지 거기에 '주차금지' 팻말이 서 있습니다. 더불어 싸우는 소리가 잦아졌습니다.

'평상'을 예술이라고 불러도 좋겠습니다. '시'라고 불러도 좋겠습니다. '봄바람'을 그렇게 달리 불러도 되듯이 말입니다. 사라진 '평상'들을 애도합니다.

응

신동엽

응 그럴 걸세, 얘기하게

응 그럴 걸세

응 그럴 걸세

응, 응,

응 그럴 수도 있을 걸세.

응 그럴 수도 있을 걸세.

응, 아무렴

그렇기도 할 걸세

그녁이나, 암, 그녁이나

응, 그래, 그럴 걸세

응 그럼, 그렇기도 할 걸세.

허,

더 하게!

낱낱의 작은 꽃들 지나고 큰 꽃들이 옵니다. 모란, 작약, 장미들입니다. 오월을 여는 꽃들입니다. 어떤 관冠이 저 꽃들보다 찬란하겠습니까? 감탄합니다. 할아버지가 손자를 보듯 감탄합니다. 그런데 그 앞에 가만히 앉아 있다 보면 그것들은 '꽃'만도 아닙니다. 말言입니다. 이야기입니다. 고자질입니다. 보고입니다. "제 모양이, 빛깔이 이런 건 지난겨울이, 세월이 너무나 추웠기 때문에 그런 거예요. 예쁘라고 그런 게 아니에요. 알지도 못하면서…."

이런 재잘거림도 있습니다. 원망과 고발 소리도 있습니다. 가만히 긍정합니다. '응', '응', 정수리가 울리는 발음으로 긍정합니다. 오월의 산과 들과 꽃밭들은 모두 그러한 형세입니다.

큰 어른의 큰 긍정의 응대 소리로만 된 저 시의 이면에는 수많은 '부정否定'도 있었을 겁니다. 부딪침도 있었을 겁니다. 저토록 큰 긍정에 이른 어른을 뵙고 싶습니다. 우리 글로 적어 놓으니 그것도 '꽃'입니다. 위아래가 함께 둥그렇습니다. 맞잡고 구릅니다. '응….'

저녁 무렵-아파트 쌈지공원

김성배

퇴근길 아파트 계단 옆 쌈지공원에서 만난 농구대의 슛은 가로등을 벗어난 상가 앞 신호등에 맞고 골대를 향해 빨려든다 미용실 빙빙 도는 무지개 간판을 살짝 비켜선 노을이 던진 공은 마을버스와 함께 사라진다 뚜벅뚜벅 시소를 타는 달빛에 튕긴 푸른 공이 다시 슛을 던지면 창문마다 집어등처럼 주차된 가장들이 놀이터 그네에서 하루를 풀고 있다

일이 너무 많습니다. 놀고 싶습니다. 순수하게 놀이로만 된 놀이가 그립습니다. '놀고먹고 싶다'는 '불온한' 심정이 되던 퇴근길을 경험해보았을 겁니다. 그 심정으로 집(아파트)에 도착해 보니 '쌈지공원(쌈지만 한 공원일 겁니다)' 옆 작은 농구대에서 아이들이 공놀이를 하고 있습니다. 텅텅 튕기는 그 소리를 들으니 속에서 불끈 솟아나는 것이 있습니다. 몸이 근질근질합니다. 몸에서 '공'이 하나 뛰쳐나갑니다. 공은 규칙을 지키라는 상징인 '신호등'을 먼저 때리고 '골인!' 미용실 '무지개 간판' 쪽의 '노을'이 받아 내던진 공은 너무 멀리 가서 그만 '마을버스와 함께' 사라졌습니다. 그러나 얼마 후 '푸른 공'이 되어 되돌아와 여기저기를 향해 슛! 이리저리 튑니다. 한바탕의 '신나는 불규칙'의 놀이입니다.

'가장'은 앉았던 '놀이터 그네'에서 깨어납니다. '공'은 얌전히 제자리에 있습니다. '집어등'이 켜진 집으로 곧 들어갈 겁니다. '수처작주隨處作主'가 요원한 우리 범부들의 저녁 풍경입니다.

품

이인구

물안개 막 걷힌 아침 호수.
어린 오리 세 마리가 세 방향으로
저만의 끝을 향해 호수를 가로지른다.

마치 어둠의 그물을 끌듯
물의 문을 열어 물빛을 드러내듯

그들이 만드는 각각의 파장, 얼마나 유장한지.

세 개의 브이 자가 점점 커져 호수의 양 귀퉁이까지 퍼져간다.
다른 아무것도 흔들지 않으며
끝내는 호수를 다 끌어안아 버리는 저 어린 것 셋의 품

멀어질수록,
제 길을 갈수록 점점 넓어지는,
그들의 품!

엊그제는 산길을 걷다가 종종거리는 새끼 네댓 거느린 꿩 일가를 만났습니다. 문득 멈춰 섭니다. 그저 구경꾼일 뿐인데 흐뭇한 건 왜일까요. 아, 장하다. 무사했구나! 그 모습 보면서 눈물짓는 이도 있을 겁니다. 그들에게 세상은 참으로 미안해해야 합니다.

숲에서, 강가에서 이맘때쯤이면 새들의 새끼들이 둥지를 나섭니다. 그중 가히 아름다운 풍경은 깊은 산속 호수에서의 저 풍경일 듯싶습니다. 오리 세 마리의 새 출발입니다. '아무것도 흔들지 않는' 출발이면서도 끝내 그들은 그 고요로써 자기 삶의 무대인 '호수'를 다 품어버리는 '유장함'을 가졌습니다.

저 아름다운 호수 풍경을 인간사 위에 올려놓아 봅니다. '제 길을 갈수록 점점 넓어지는 품'을 가졌는가? 각자가 만드는 '물살'의 성품을 성찰해 볼 차례입니다.

당신은 상추쌈을 무척 좋아하나요

유용주

보약을 먹어도 시원찮을 여름,
나무와 시멘트의 온갖 잡동사니 먼지에
땀쌈장을 만들어
볼이 터지도록 눈을 뒤집어 까며
시어머니, 삶이라는 시어머니 앞에서
훌러덩 치마 깔고 퍼질러 앉아
불경스럽게 불경스럽게…

언젠가
내 너의 머리카락을 죄 쥐어뜯고 말리라

요리조리 머리 굴려, 잔머리 굴려 사는 삶 말고 온몸으로, 온 몸뚱이 전체로 건너가는 삶이 있습니다. 필연적으로 그들은 진실합니다. 그럼에도 그들에게는 가책이 더 많고 불쌍한 것들이 더 많고 눈물이 더 많습니다. 하늘과 땅을 상대로 사니 필연적으로 그들은 신과 가깝습니다.

아침나절의 한바탕 일이 끝났습니다. 시장기가 몰려옵니다. 텃밭에는 상추가 한창입니다. 차려진 밥상에는 상추쌈이 밥상만큼 쌓여 있습니다. 땀범벅을 수습할 겨를도 없이 덤벼 식사를 합니다. 상추쌈은 입안 가득 욱여넣어 눈 부릅뜨고 먹어야 제맛입니다. 그 어떤 가공도 하지 않은 있는 그대로의 음식을 어떤 가식도 떨쳐낸 삶이 앉아 드십니다. 목수였던 예수도 바짓가랑이 접힌 채로 그렇게 앉아 우적우적 드셨을 겁니다.

그런데 삶은 고단합니다. 참으로 미운 '시어미' 같습니다. '내 너의 머리카락을 죄 쥐어뜯고 말리라'! 참으로 통쾌합니다. '시어미들'은 머리카락 단속 좀 해야겠습니다. 그러나 그 통쾌는 이내 가슴 언저리에 통증으로 남습니다.

그 말이 아직 망아지였을 때

이건청

그 말이 아직 망아지였을 때, 고삐에 묶이지 않았을 때, 되새 떼는 연둣빛 시간 속, 질경이풀 질펀한 둑방길 끝에서 날아오르곤 하였다. 새들이 희미한 물감처럼 번지다가 사라지곤 하였다. 새들이 사라진 빈 하늘에 노을이 선홍의 물감을 퍼부으며 다가오곤 하였다. 그 말이 아직 망아지였을 때,

그 말이 아직 망아지였을 때, 둑방길엔 느티나무 한 그루가 서 있었다. 몇백 년 한 곳에 서서 거목의 안목으로 자라면서 이 둑방길을 오가는 망아지를 바라보곤 하였다. 망아지가 자라 큰 말이 됐을 때 짊어져야 할 채찍과 박차, 그리고 고삐로 가득 찬 시간을 생각하는 것이 느티나무는 슬펐다.

그 말이 아직 망아지였을 때, 황혼녘 둑길을 밟고 돌아오면서 느티나무 크고 굵은 뿌리가 물을 향해 가고 있는 것을 볼 수 있었다. 느티나무가 거목으로 자라서까지 저 7만 개나 8만 개의 신록을 위해 힘겹게 흙을 밀고 서 있는 걸 바라보았다. 꺾이고 무너진 가지들을 일으켜 세우며 그늘 속으로 매미를 부르는 걸 바라보고

있었다. 그 말이 아직 망아지였을 때,

늙은 말 한 마리가 있었다. 쓰러져 있었다. 회색빛 하늘이 걸리고, 기일게 늘어난 시계 위에서 새까만 벌레들이 빠글거리고 있었다.* 늙은 말 한 마리가 쓰러져 있었다.

* 살바도르 달리의 그림 〈기억의 그림〉

지구상에서 가장 아름다운 것이 무엇인가 하면 짐승으로는 말馬입니다('망아지였을 때'을 전제로 한다면 인간의 말言도 참으로 아름다운 것이겠죠?). 망아지처럼 어여쁜 것이 또 있을까요. 그 부피감과 날렵함, 덩치를 이기는 순진함. 어미의 뒷다리에 기대어 거만을 떠는 망아지의 자세는 정말 최고입니다. 아무데고 가리지 않고 뛰는 무애无涯의 달음박질은 더 말해 무엇하겠습니까. 그런데 운명은 슬퍼서 어른이 되면 재갈을 물어야 하고 박차를 맞아야 합니다. 몸을 바꿀 때에야 그것을 벗습니다. 어여쁨에 재갈을 물리는 것이 어디 시간뿐입니까.

망아지처럼 살게 해줘, 망아지처럼 살게 해줘, 내 멋대로 살게 좀 내버려 둬. 예술이라는 망아지가, 점점 좁아지는 울타리를 바라봅니다.

4부

'나'는 이미 몸뚱이를 여윈 우주입니다

샤갈의 마을에 내리는 눈

김춘수

샤갈의 마을에는 三月에 눈이 온다
봄을 바라고 섰는 사나이의 관자놀이에
새로 돋은 정맥靜脈이
바르르 떤다.
바르르 떠는 사나이의 관자놀이에
새로 돋은 정맥을 어루만지며
눈은 수천수만의 날개를 달고
하늘에서 내려와 샤갈의 마을의
지붕과 굴뚝을 덮는다.
三月에 눈이 오면
샤갈의 마을의 쥐똥만한 겨울 열매들은
다시 올리브빛으로 물이 들고
밤에 아낙들은
그 해의 가장 아름다운 불을
아궁이에 지핀다.

지난 춘분春分날 전국에 큰눈이 내렸습니다. 때아닌 장관을 바라보는 마음 흐뭇했습니다. 절로 우리네 시의 학생들은 이 시를 떠올렸을 듯싶습니다. '샤갈'은 러시아의 이름난 화가. 자서전에 그는 이 세상에 태어나서 처음 본 것이 '물통'이라고 썼더군요. 그것을 닮은 인물이었을 겁니다. 우리 이웃 중 누구라고 해도 되겠지요. 다만 그의 그림을 닮아 세상을 구김 없이, 따스하게 바라볼 줄 아는 이라면.

봄을 맞아 희망의 기운 가득한, 관자놀이에 정맥이 새로 돋은 사내가 눈발을 바라고 섰습니다. 그 성성한 시선을 어루만지며 축복의 언어들이 내려옵니다. 하여 아직 남아 있는 '겨울 열매'는 청록의 '올리브빛'으로 환치됩니다. 그 밤 아낙들은 왜 '아궁이에 그 해의 가장 아름다운 불'을 피웠을까요? 절로 웃음이 나옵니다.

허공 가득 흰 눈발, 관자놀이의 푸르름, 올리브의 연두, 그리고 아궁이 붉은 불빛으로 이어지는 채색이 '샤갈의 마을'답습니다. 올해 우리가 당면한 모든 농사 잘될 겁니다.

세상 초록빛을 다해

정현종

서커스 구경 온 새처럼
나는 말한다 ---
아니다
나는 새 보는 곡예사처럼
나는 말한다 ---

밥 먹고 있는 사람 밥 많이 먹어요
놀고 있는 사람 잘 놀아요
걷고 있는 사람 어서 걸어요
....

말한다
거지꼴인 꿈을 다해
세상 초록빛을 다해

만사 신기합니다. 펄펄 살아 있습니다. 고개 갸웃대는 새를 본 적 있는지요. 만사 호기심 어린 표정이지요. 서커스의 곡예를 본 적 있는지요. 감탄이지요. 실은 기적이 따로 있는 게 아니고 살아 있는 모든 것이 기적이지요.

내가 여기 있는 게, 보고 싶은 사람이 있는 게 다 기적이지요. 평범한 일상 모두가 신록 앞에서 다시 보니 기적입니다. 저 말줄임표 안에다 더 넣어볼까요?

'뛰는 사람 잘 뛰어요'… '구두 닦는 사람 빛나게 닦아요'… '그리움 많은 사람 더 많이 그리워해요'….

독자 참여형 시입니다. 이해가 잘 안 되는 구절이 있다고요? 긍정적인 시 같은데 왜 '거지꼴인 꿈을 다해' 말한다고 했느냐고요? 되물을까요? '거지꼴인 꿈', 발음해보세요. 너무나 아름다운 꿈인걸요? 꿈 같은 것마저 아무것도 아닌 충만의 세계죠. 분명 이 시 이 계절에 쓰였을 거예요. 정원의 햇살과 그늘마저도 신록인, 더 다가갈 데 없는 세계와의 만남을 새처럼 노래했네요. 곧 오월이에요! '저 나무 그늘에 서 있는 사람 오래 서 있어요'….

봄볕

서정주

내 거짓말 왕궁의
아홉 겹 담장 안에
김치 속 속배기의
미나리처럼 들어 있는 나를

놋날 같은 봄 햇볕 쏟아져 내려
육도삼략六韜三略으로
그 담장 반나마 헐어,

내 옛날의 막걸리 친구였던
바람이며, 구름,
선녀 치마 훔친 뻐꾸기도 불러,
내 오늘은
그 헐린 데를 메꾸고 섰나니……

추위 견디던 참담한 회색빛 정원의 물건들이 이제 다들 제 물색을 갖추어서 치렁치렁합니다. 곧 붉은 장미가 담장을 둘러 피어나면 오월 녹음의 난만함도 붉은빛을 더해 적당히 긴장할 겁니다. 이 찬란한 때에는 뜰에 나설 수밖에 없습니다.

저 깊이깊이 숨겼던 부끄러운 일들, 모습들 다 내놓아 하늘에 보이라고 타이르듯이 봄볕은 날마다 소곤댑니다. 남북이니 동서니 하는 냉랭했던 모든 것들도 나서라는 시절입니다.

구중궁궐도 모자라 뒤뜰 독 안의 배추김치, 그 포기 속의 미나리처럼 숨은 '나'를 봅니다. 봄볕 아래 눈썹 그림자 짙게 늘이고 생각해 봅니다. 봄볕의 그 '참다움'에 혹은 거짓도 있었을 나를 허물어야 비로소 '나'이지요.

그 허물어진 데를 가리며 서야 하는 우리 모두의 안쓰러움도 봅니다. 그나마 독작獨酌 고독의 친구들이 바람이며 구름이며 뻐꾸기 소리 같은 맑은 것들이어서 다행입니다.

상치꽃 아욱꽃

박용래

상치꽃은
상치 대궁만큼 웃네

아욱꽃은
아욱 대궁만큼

잔 한잔 비우고
잔 비우고

배꼽
내놓고 웃네.

이끼 낀
돌담

아 이즈러진 달이
실낱 같다는

시인의 이름

잊었네.

고려 말엽 포은圃隱이라는 호를 가진 어른이 있었습니다. 요즘 말로 하면 텃밭, 즉 채전菜田에 숨은 이라는 의미입니다. 당대 역사의 주역이었지만 그 겉 이름의 겸양이 매혹적입니다. 아마도 소박 · 청빈의 정신으로 살고자 그 이름을 가졌을 겁니다. 이 시가 웬일인지 그이를 그린 시만 같습니다. 상추쌈이 달고 아욱국이 개운한 계절입니다. 장마철이 되면 그 채소들도 사람에게 줄 것 다 주고 마지막으로 꽃을 피웁니다. 꽃으로 치면 장미나 모란 같은 것에 비할 수 없이 보잘것없겠습니다만 반대로 그에 비할 수 없이 대견하고 애잔한 존재들입니다. 그 꽃들 내다보며 두어 잔, 삶을 반추하는 음주는 괜찮았을 겁니다. '잔 한잔 비우고/ 잔 비우고' 사이의 가속加速이 그걸 말해줍니다. '상치꽃'이나 '아욱꽃'이나 '나'나 모두 동등한 존재가 됩니다. 진정 화평의 세계를 본 이의 모습입니다. '이끼 낀/ 돌담' 위의 하현下弦도 오늘은 한 식구입니다. 대인의 풍모는 실은 이런 모습이 아닐는지요.

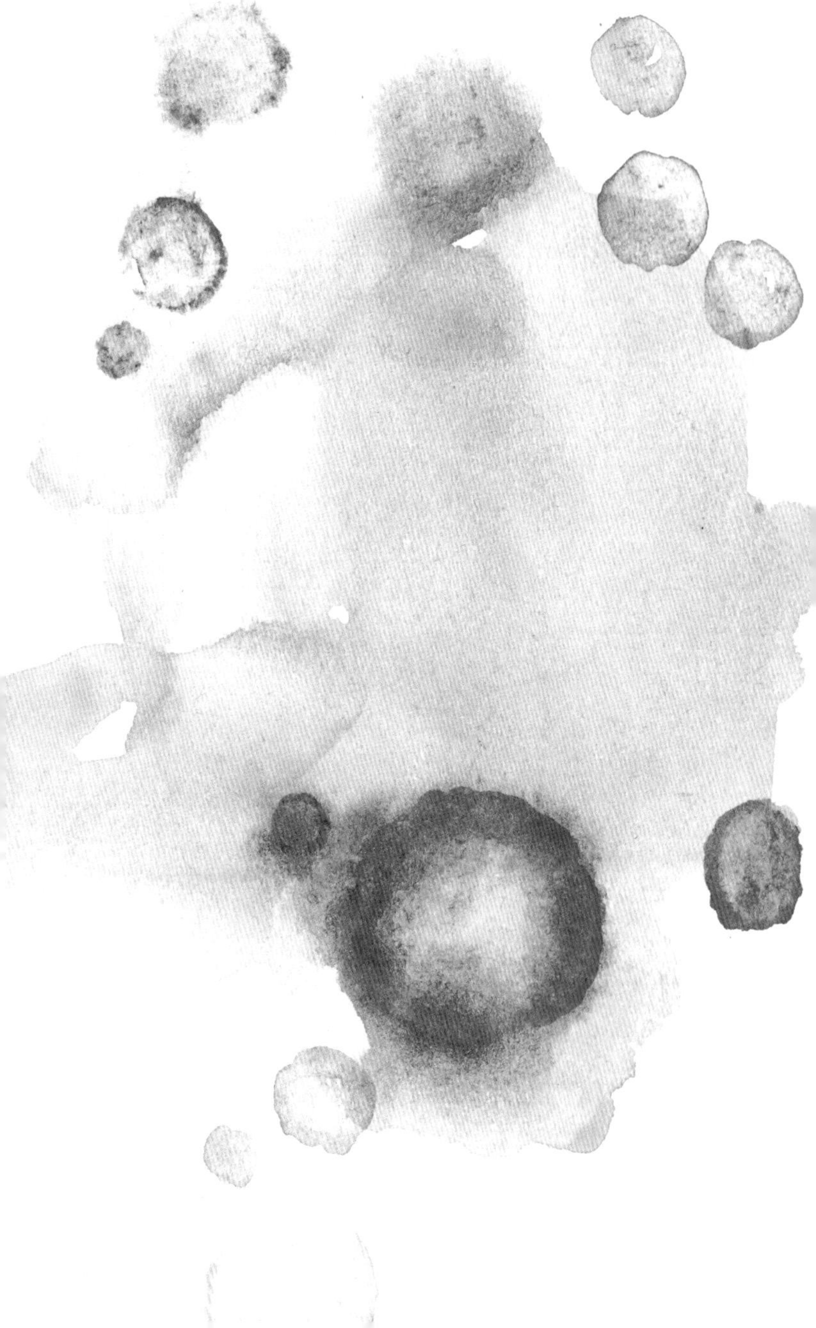

염천

정끝별

능소화

담벼락에

뜨겁게 너울지더니 능소화

비었다 담벼락에

휘휘 늘어져 잘도 타오르더니 여름 능소화

꽃 떨구었다 그 집 담벼락에

따라갈래 따라갈래 달려가더니 여름내 능소화

노래 멈췄다 술래만 남은 그 옛집 담벼락에

첨밀밀첨밀밀 머물다 그래그래 지더니 올여름 장맛비에 능소화

그래 옛일 되었다 가을 든 네 집 담벼락에

새싹 그늘서 난 강아지들이 다 커서 이제 젖을 뗐습니다. 봄에 나기 시작한 꽃나무들이 이제 하나씩 여름꽃을 피우기 시작했습니다. 태양은 정수리 위에까지 다가와서 이글댑니다만 꽃 필 나무는 기어이 피어야만 합니다. 그늘 속에 숨어 내다봅니다. 저만치 '염천' 아래의 담벼락에 능소화가 한창입니다. 꽃 무게로 '휘휘 늘어'졌으나 그 빛깔만은 햇빛에 질세라 붉고도 붉습니다.

'무슨 일로 굳이 이 염천 아래에서 붉디붉은고…' 하고 생각해봤습니다. '따라갈래 따라갈래' 하고 따라나서야만 할 일이 있었던 겁니다. 그러다가 담벼락에 턱! 하고 막혔습니다. '술래'는 그만 담벼락을 더듬어 올라 가슴에 맺힌 빛깔을 꺼내 꽃을 피웠습니다. '첨밀밀甛蜜蜜 · 꿀처럼 달콤함'의 일이 있었습니다! 이도 장맛비 지나면 바닥에 '그래 그래' 하며 쏟아져 붉은빛이 낭자할 겁니다. 주인은 꽃을 쓸면서 그럴 일도 없는데 한 번씩 담 밖을 우두커니 내다볼 겁니다. 거기 자기自己가 있거든요.

우기

최문사

오늘 비는 아무에게도 슬픔을 나눠 준다 우기에는 네 말이 옳았다 오래오래 젖다가 수채화 같은 슬픔이 온다는 말, 하루 종일 비가 내렸다 사과나무 가지 끝 풋사과 옆이 무너졌다 나도 저렇게 아픈 데를 씻다가 무너졌다 슬픔이 없다면 슬픈 게 여럿이던 나도 없을 것이다 내가 없다면 줄곧 믿어 왔던 이 많은 책들과 수없이 눌렀던 어두운 버튼들, 맘에 내내 서 있던 사람 서랍 속의 흉터들 모두 혼자일 것이다 온 힘을 다해 저렇게 흠뻑 슬플 것이다 죽을 것처럼 들고 온 것들, 저렇게 말할 수 없어서 짧게 말할 수 없어서 슬픔은 머리카락이 길고 형용사처럼 영롱하다 우기에는 슬픈 걸 참아낸다 점 하나 없는 슬픔 언제 그칠까? 슬픔 곁을 개처럼 지키고 있다

비 흔한 철입니다. 비 오는 날은 비 곁에 있어야 합니다. 오래 있어야 합니다. 비 오는 날은 모든 것이 낮아집니다. 식물들 비 맞고 자라듯 비 곁에서 비 보고 비 듣고 비 만지며 비 오는 이치를 따져보니 마음이 자랍니다. '네 말이 옳았다'는 자각이 비에서부터 옵니다. 슬픔은 삶의 굳건한 동반자요 살아 있음의 증표라는 비의 웅얼거림을 듣습니다. 사는 것의 비의를 '짧게 말할 수 없어서' 길게 오는 비. 그 곁을 오래 지키고 앉아 있습니다.

과목果木

박성룡

과목에 과물들이 무르익어 있는 사태처럼
나를 경악케 하는 것은 없다.

뿌리는 박질 황토에
가지들은 한낱 비바람들 속에 뻗어 출렁거렸으나

모든 것이 멸렬하는 가을을 가려 그는 홀로
황홀한 빛깔과 무게의 은총을 지니게 되는

과목에 과물들이 무르익어 있는 사태처럼
나를 경악케 하는 것은 없다.

-흔히 시를 잃고 저무는 한해, 그 가을에도
나는 이 과목의 기적 앞에 시력을 회복한다.

천자문은 '하늘 천, 땅 지, 검을 현, 누를 황…'하며 시작하지요. 어린 날 '검을 현玄'이 늘 궁금했습니다. '하늘은 검고 땅은 누렇다'라는 노래인데 하늘이 검다니요. '가을 하늘 공활'한, 그때의 그 하늘 빛을 가리킬 겁니다. 현묘하여 검다(모른다)고 할 수밖에 없는 빛깔입니다. 편의상 비취빛 하늘이라고 하겠습니다. 그것이 이마 위에 문득 나타나면 그날이 가을입니다. 어느 날 불현듯 마주하게 된 가을 열매들의 질문에 꽉 막힙니다. '사태'요 '경악'인 까닭입니다. 이 '은총'들은 모두 어디서 온 것들인가! 허나 질문이 곧 해답입니다. 모른다는 것을 아는 것만 한 깨우침이 어디 있겠어요. 질문 없는 삶은 죽은 삶입니다. 가을 '과목果木'은 살아 있는 도서관입니다. 주렁주렁 말씀들이 익어갑니다.

돌과 포도나무

문태준

옆에서 포도나무 넝쿨이 뻗고 있다
돌 위로 포도나무 넝쿨 그림자가 내리고 있다
내리는 공간이 보슬비 내리는 때처럼 가볍다
나는 너에게서 온 여름 편지를 읽는다
포도나무 잎사귀처럼 크고 푸른 귀를 달고 눕고 싶다
이런 얇고 움직이는 그림자라면 얻어 좋으리
오후에는 돌 위가 좀 더 길게 젖었다
포도나무 잎사귀처럼 너는 내 속에서 자란다

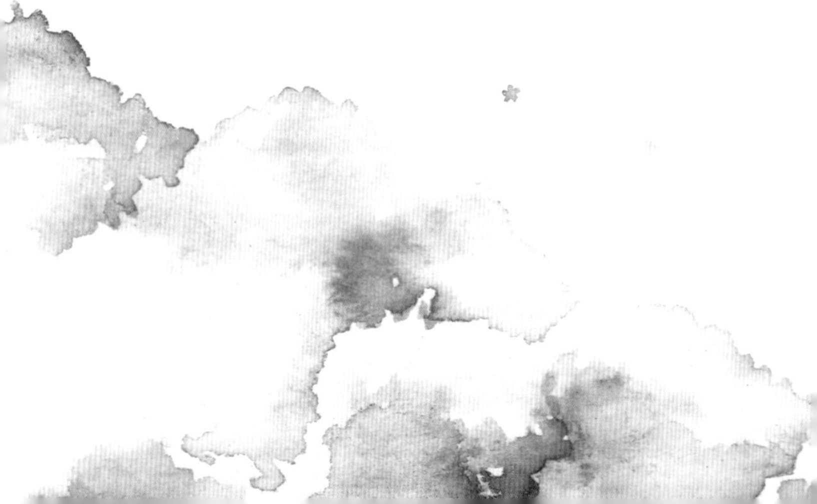

추석 지나고 날씨는 가파르게 내리막입니다. 벌써 여름 숲의 무성함, 태양의 뜨거움은 옛일이 되었습니다. 풀이 마르고 잎들은 넓은 순서로 시들어 이리저리 허드레 것들이 되어 뒹굴 겁니다. '너에게서 온 여름 편지'는 그러한 잎에 새겨진 문장입니다. 무상無常의 의미겠지요. 포도나무 잎사귀처럼 크고 푸른 귀를 달고 눕고 싶다는 소망은 간절합니다. 그 장소가 '바위' 곁이라면 더더욱 그러합니다. 바위와 같은 영원한 지혜의 소리를, 그리고 소멸의 소리를 듣고 싶다는 소망이기 때문입니다. '오후에는 돌 위가 더 길게 젖는' 이유가 거기 있습니다. 지난여름은 참으로 힘에 겨웠습니다.

아침 이슬

문정희

지난밤 무슨 생각을 굴리고 굴려
아침 풀잎 위에
이렇듯 영롱한 한 방울의 은유로 태어났을까
고뇌였을까, 별빛 같은
슬픔의 살이며 뼈인 생명 한 알
누가 이리도 둥근 것을 낳았을까
고통은 원래 부드럽고 차가운 것은 아닐까
사랑은
짧은 절정, 숨소리 하나 스미지 못하는
순간의 보석
밤새 홀로 걸어와
무슨 말을 전하려고
아침 풀잎 위에
이렇듯 맑고 위태한 시간을 머금고 있는가

초가을의 등굣길에서는 고무신의 발과 발목이 다 젖어 찌걱찌걱 소리가 났습니다. 오솔길가의 풀잎 이슬 때문이었습니다만 굳이 까닭을 더 대자면 가난 때문이기도 했지요. 그렇긴 했어도 눈높이 저편 언덕 위 풀잎들은 '밤새 홀로' '걸어온' 이슬방울의 무게로 둥그렇게 반원으로 휘어서 한껏 맑고 예뻤습니다. 그래서 더더욱 그것은 질문이기도 했지요. 답을 요구하지는 않는 질문, 답을 추궁하지 않는 질문이었습니다. 그 어여쁨과 그에 어린 안타까움에 대하여 무슨 말을 덧붙일 수 있을까요. 고통스럽게 견딘 여름의 '은유'일지 모릅니다.

'영롱한' '순간의 보석' 안에 제 이름자를 적어보는 것은 어떨까요. 알곡을 익히려 내리는 햇빛 한 자락이 한눈 한번 파는 것만으로도 슬며시 집어 갈 이름자들. 하나 현현顯現만으로도 제 몫을 다한 '아침 이슬'입니다. 오는 추석 아침 성묘길의 이슬방울에 눈이슬 보태 선고先考의 모습을 얹어보겠습니다.

소금

김용택

내소사를 지났다.

비 오고, 늦가을이다.

낙지들이 수조 속에서

한사코 다리를 비트는

곰소항 어느 횟집 처마 밑에서

비를 피한다.

나갔던 물이 들어온다.

저기가 고창이지요?

아내가 애들을 데리고 집을 나가서요.

슬레이트 지붕 처마 끝에서

떨어진 낙숫물이

튄다.

신발이 젖는다.

생면부지,

전혀 모르는

사내다.

가을이 깊어집니다. 단풍 구경 다니는 차들과 그 차들이 싣고 다니는 관광객의 옷차림도 울긋불긋해집니다만 홀로 오솔길을 따라가는 무채색의 방랑객도 남모르게 많아집니다.

조락凋落과 석양과 썰물의 풍경 속에 있고 싶은 여행객은 서해의 고적한 마을을 순례합니다. 일기예보와 관계없는 여정이라 중간에 비를 맞기도 합니다. 시간 다툼할 일 없으니 아무나의 처마 밑에서 늦가을 비와도 사귑니다.

'나갔던 물'이 들어오는 밀물 시간에는 낮게 깔렸던 마음도 얼마간 설레게 마련이지만 '아내가 애들을 데리고 집을 나갔다고' '생면부지'에게 고백이라도 해야 하는 삶은 밀물 건너편의 '고창'이나 바라봅니다.

듣는 이쪽도 '젖는 신발'에게 무엇인가 고백합니다. '소금' 같은 침묵입니다. 나도 그 곁에 앉아 그러합니다.

바람이 분다-로르카에게

한승태

바람이 불면
종소리가 수면 위에 퍼진다
작은 풀잎이 만드는 길
누웠다 사라진다

바람이 불면
숲들은 하늘에 모든 손을 펼쳐 들고
심장은
손가락 끝에 뜬 달

가슴의 능선 위에서는
아무도 사랑하지 않는다
다만 어깨를 기댄 채 함께 흔들릴 뿐

바람이 불면 능선과 숲은 하나의 바다
심연 속에
별도 심장을 두근거린다

정원 한쪽 연못가에 오랜만에 앉습니다. 지난 봄, 여름, 가을은 참으로 수고로웠습니다. 곁의 상수리나무에서 우수수 상수리들이 떨어집니다. 그토록 힘겨웠으나 그러나, 기진氣盡하지는 않습니다. 바람이 불기 때문입니다!

물 위에 뜬 빛의 무리들이 밀려옵니다. 이른바 '추파秋波'라고 부르는 그것입니다. 그윽하고 잔잔한 미지의 눈길, 오래 연모한 연인의 눈길과 같습니다. 지난 모든 수고로움을 지우며 다가드는 에너지입니다.

이 시는 그것을 '종소리'라고 말하고 있습니다. 멀리서 온 메시지라는 뜻이겠지요. 우리가 미처 알지 못했던 '길'을 '작은 풀잎'의 쓰러짐과 일어섬을 통해 보여주기도 합니다. '심장'은 가슴을 뛰쳐나가 '손가락 끝의 달'이 되어 떠 있습니다. 이만하면 '나'는 이미 몸뚱이를 여읜 우주입니다. 바람과 한몸입니다.

늦가을, 바람이 붑니다. 모든 머문 것들을 뒤집어 말합니다. 살아봐야겠다고.

추일산조秋日山朝

백석

아츰볕에 섶구슬이 한가로이 익는 골짝에서 꿩은 울어 산山울림과 장난을 한다

산山마루를 탄 사람들은 새꾼들인가
파아란 한울에 떨어질 것같이
웃음소리가 더러 산山 밑까지 들린다

순례巡禮중이 산山을 올라간다
어젯밤은 이 산山 절에 재齋가 들었다

무리돌이 굴러나리는 건 중의 발꿈치에선가

구획된 칸막이의 생활에 지치면 무변의 바다가, 파도 소리가 간절해지듯이 1930년대 도시의 지식인이었던 백석은 의도적으로 고향인 평안도의 언어를 전면에 세워서 시를 발표합니다. 획일적 표준어에 대한 반발일 수 있겠고 중심에 대한 저항으로 읽을 수도 있겠습니다.

이 시에서 백석은 더없이 맑은 어느 가을 아침, 울울창창한 북쪽 산의 한 풍경을 호출합니다. 그리고 산 '저편'의 공간을 향하여 그리움을 타전합니다. '섶구슬(이슬)'이 익어가는 저편으로 꿩은 날며 웁니다. '산울림'이 응답합니다. 산마루에선 '새꾼(나무꾼)들'인지 신선의 것인지 모를 웃음소리가 언뜻언뜻 '산 밑'까지 들립니다.

'왜 푸른 산에 사느냐 묻거든 그저 웃지요' 운운의 옛 시가 이렇게 새 옷을 입고 1930년대를 변주합니다. 벌목꾼들과 배고픈 순례자가 우람한 산 저편에서 인간사와 자연사를 동시에 보여줍니다.

겨울 산

안상학

내가 겨울 산을 좋아하는 까닭은
숨은 이야기가 있어서다.
낙엽으로 흙으로 돌아가
먼저 흙이 된 꽃과 다시 만나
추억을 이야기하는 겨울 산
내가 겨울 산을 사랑하는 까닭은
낙엽이 꽃이 되고 꽃이
낙엽이 되는 꿈을 꾸는
따뜻한 어둠이 있어서다. 겨우내
눈물 언 별들이 함께 봄을 기다려주어서다

꽁꽁 얼어붙은 날씨입니다. 이러한 때에 세상은 적막합니다. 특히나 겨울 산은 새 한 마리 날지 않습니다. 바람만이 씻은 듯이 바위며 소나무를 붙들고 차갑고 높은 음악 소리를 냅니다. 허나 귀 밝은 사람이 있으니 귀 기울여 그 속에서 웅얼대는 '숨은 이야기'를 듣습니다.

꽃 피어 찬란하던 골짜기의 봄, 여름의 일들. 하나 꽃도 이내 사라져 남은 잎들이 가을 낙엽이 되기까지 섭섭하기도 했을 시간이 모두 가서 이제 대지의 '따뜻한 어둠'이 되었습니다.

허나 그 어둠은 단지 '소멸'만은 아닙니다. 다시 지난해의 꽃은 잎으로, 잎은 꽃으로 몸 바꿔 피어날 봄이 다가온다는 것을 알기 때문입니다. 하절기의 산이 눈앞에서 바쁘다면 동절기의 산은 보이지 않는 곳에서 바쁩니다.

그저 적막하기만 하던 '겨울 산'에 가면 귀가 시렵습니다만 그것은 새로 생긴 귀이기도 합니다. 듣지 못하던 깊은 이야기 소리를 듣게 되는 귀이기 때문입니다.

순환의 바퀴

최승호

눈사람이라는 게 이미 순환의 바퀴이기 때문에 대륙 횡단 열차의 바퀴 같은 것을 굳이 발 없는 눈사람에게 달아서 굴러가게 할 필요는 없다. 눈사람은 시냇물로 달려가는 바퀴이고 강으로 바다로 돌아다니는 바퀴이며 맑은 날이면 하늘로 굴러가는 바퀴이다. 그 바퀴는 들꽃 속으로 들어가고 나무 꼭대기로 오르며 샘에서 다시 굴러 나온다. 공중 목욕탕에서 솟아오르는 수증기를 보며 누가 바다 밑에서 팔 없이 헤엄치던 눈사람을 기억할까.

해마다 이맘때면 손님이 찾아왔습니다. 묵묵한 표정으로, 후덕한 몸짓으로 와서는 나를 부르는 것이었습니다. 그 소리는 너무 작아서 귀로 들을 수는 없습니다. '어디서 왔습니까?' 하고 묻습니다. 대답은 없습니다. 다만 다시 내리기 시작한 눈발이 대답을 대신합니다. 눈사람!

집이 앓는 소리를 들었다

이재무

어느 날 밤 나는 집이 앓는 소리를 들었다
어느 날 밤 나는 집이 우는 소리를 들었다
어느 날 밤 나는 집이 웃는 소리를 들었다
어느 날 밤 나는 집이 벌컥 화내는 소리를 들었다
어느 날 밤 나는 집이 부르는 소리를 들었다
집을 비우기 위해 집을 나서는 집을 보았다
집 나간 집이 밖에서 집을 바라보는 것을 보았다
어느 날 밤 나는 집이 나를 꾸짖는 소리를 들었다
어느 날 밤 나는 집이 기도하는 소리를 들었다

나무로 지은 시골집에서 겨울을 나다 보면 집이 몸 비트는 소리를 심심찮게 듣게 됩니다. 시멘트 집이 그랬다간 큰일이지만 나무로 짜 맞춘 오두막의 그 소리는 대수롭지 않습니다. 나무들은 집으로 몸이 바뀌었을 뿐 살아 있으므로 소리 내는 것은 당연한 노릇입니다. 희로애락의 한 가지씩을 번갈아 붙잡고 사는 우리는 그 집의 소리가 바로 우리 내면의 소리임을 금세 알아차립니다. 소리 이외에도 '앓고' '울고' '웃는' 집의 표정은 저녁 창의 불빛으로도 드러납니다.

우리에게 '집'이란 그저 공간을 지칭하는 이름만은 아닙니다. '당신'이기도 하고 '생애 전체'의 이름이기도 합니다. 어느날 우연히 듣게 되는 어머니 혹은 아내의 기도 소리는 그의 기도만이 아니라 '집 전체의 기도'가 됩니다. '일가一家를 이룬다'는 말, 이 시의 여운 위에 떠올려봅니다.

복사꽃에 떠밀려

송재학

사람이 닿을 수 있는 곳에
복사꽃이 핀다 나무보다 먼저
햇빛에 이르러 마음은
희고 붉은 꽃잎 속 타는 혓바닥처럼
복사꽃에 떠밀리면 허리 굽혀 어머니를 껴안는 산길
봄비를 오게 하는 무덤

기다려도, 혹은 기다리지 않아도 새해는 오고 봄은 오지요. 동지冬至와 더불어 설날은 그 정점입니다. 이날이 기쁜 이도 있고 더 서러운 사람도 있습니다. 그러나 기운의 화창함을 이기지는 못해 마음 깊은 곳에 꿈이 깃듭니다. 복사꽃, 무릉 같은 꿈입니다.

외진 산길에서 문득 복사꽃을 만날 때가 있습니다. 그러면 자연스레 누군가 살던 장소였음을 직감합니다. 그것도 아주 선하게 살았을 것만 같지요. 복사꽃 만발한 찬란한 봄날 어머니를 여읜 한 청년이 어머니 묘를 찾았습니다. 그대로 모순! '찬란한 슬픔'입니다. 눈동자 속에서만 내리는 '봄비'를 삼킵니다. 그래도 '봄비'이니 괜찮습니다. '꽃 피고 새 울게' 하는 비니까요. 올해도 설맞이 성묘객이 봄비처럼 자욱하겠지요.

홍매紅梅

김상옥

얼음 밑에
개울은 흘러도

남은 눈 위엔
또 눈이 내린다.

검은 쇠붙이
연지를 찍는데

길 떠난 풀꽃들
코끝도 안 보여

살을 찢는 선지
선연한 상처

내 영혼 스스로
입을 맞춘다.

아랫녘 큰 절 마당에는 벌써 홍매가 흐드러지게 피었다는 소식입니다. 그걸 한번 알현하겠다고 벼른 지 오래인데 아직 못 가보고 있습니다. 큰 계곡의 한 길씩 언 얼음도 이즈음이면 녹아 속에서 흐르는 물소리가 날마다 커집니다. 하지만 아직 다 가지 않은 막내뻘의 겨울이 남아 때 없이 함박눈을 쏟아내기도 합니다. 붉은 매화 꽃잎 위에 흰 눈이 앉아 서로 웃으면 그대로 못 견딜 어여쁨이 되지요.

오래된 매화 등걸에서 삐져나온 가지들은 녹슨 무쇠붙이입니다. 거기서 피어난 꽃은 그러나 신부의 '연지'와 같습니다. 추위에 피난 가 돌아오지 않는 '풀꽃들'은 흉내 낼 수 없이 깊은 울림의 빛깔입니다. 뭇 꽃들 아직 피어나기 아득한 시절의 고독한 '홍매'는 '연지' 같은 것만은 아니어서 그대로 선구자의 '선연한 상처'의 모습이기도 합니다. 그 '상처'에 기꺼이 영혼을 떠올립니다. '설중매'라던가요? '영혼'은 그러해야 한다는 뜻을 봅니다.

밤비 오는 소리를 두고

문성해

바람에 나뭇잎들이 비벼대는 소리라 굳이 믿는 것이다
한창 재미나는 저녁 연속극을 끌 수가 없는 것이다
빨래가 널린 옥상을 괜히 한번 염두에 둬보는 것이다
뭔가에 환호할 나이는 지났다고 뭉그적거려보는 것이다
속는 셈치고 커튼을 열고 베란다 문을 여는 수고가 하기 싫은 것이다
누가 이기나 최대한 견딜 때까지 견뎌보는 것이다
손익 계산부터 해보는 것이다

이제 누가 뭐라고 해도 봄입니다. 떨리는 추위가 간혹 있다고는 해도 철없는 눈발이 날려도 이미 천지간에 스민 봄기운의 대세는 그저 미소나 지을 뿐입니다. 많이 기다렸습니다. 엄동의 시간이 힘겨웠을 생명들 조용히 눈을 뜨기 시작합니다.

어느 저녁 어둠 저편에서부터 대지를 깨우는 봄비의 기척이 있습니다. 한 차례씩의 비가 하는 일을 알기에 그 '밤비'의 소란스럽지 않은, 고요한 기척은 마음 깊은 곳에 숨었던 싹을 움트게 합니다. 그것은 점점 커져서 '환호'가 됩니다. 그러나 아직 터트려지기에는 이릅니다. 그것은 '연속극'이니 '옥상의 빨래'니 하는 일상의 관성을 조금씩 조금씩 밀어냅니다. '견딜' 만큼 견뎌봅니다. 그러나 설렘의 맥박이 점점 커집니다.

'손익 계산'을 아무리 해봐도 그 '환호'를 이기지는 못할 겁니다. 역사에서도 그러한 '손익 계산'을 훌쩍 넘어서는 환희의 날들이 빨리 오기를 빕니다. 가뭄 끝의 봄비! 삼월 첫날의 함성 뒤에 그려봅니다.

증발 후에 남은 것

박연준

봄의 식물들은 기다리는 게 일이다
자기 순서를

날아가는 새의 힘 뺀 발등
그 작게 뻗은 만세,
아래로
날들이 미끄러진다

소복이 쌓이는 새봄

매화가 한창입니다. 대문을 열고 들어서면 향기가 왜 이제야 오느냐 나무라듯 끼쳐옵니다. 발길은 안쪽으로 향하지 않고 매화나무 쪽으로 가게 마련이지요. 잉잉대는 소리들, 어디서들 왔는지 벌들이 꽃 하나씩을 차지하고 다른 꽃방들을 엿보며 난만한 잔칫집을 이루고 있습니다. 밤중에도 나와 가 보니 여전히 그렇습니다. 첫 축제라서 쉴 수 없는 모양입니다. 옆에서 앵두나무가, 또 그 옆에서 자두나무가 꽃망울을 맺어가지고는 조용히 제 차례를 기다리고 있습니다. 다투어 피지 않기로 약속이라도 한 듯이 느긋합니다. 벌들은 과로하지 않아도 되겠습니다. 그 순서 속에 내 마음도 하나 슬쩍 넣어둡니다. 좋은 일입니다.

땅을 뚫고 올라오는 것들도 오래 참았다는 표정, 이제 시작이라는 표정이 역력합니다. 이제 새들도 바빠집니다. 새가 날 때 두 다리를 뒤로 뻗습니다. 그게 '만세'인 줄은 이 시를 보고 알게 됩니다. 그 '만세' 아래로 미끄러져 '소복이 쌓이는 것이 새봄'이라니 그 곁에 '자기 순서'를 기다리는 식물처럼 앉아보지 않을 수 없습니다. 몸은 앉지만 마음은 '증발'하여 사라질지 모릅니다.

복숭아나무를 심고

윤영범

나무 한 그루 심고 손자놈 이름표 붙여주자며
아버지가 키 작은 복숭아나무 한 그루 사오셨다.
왜 무거운 것 들고 다니냐며 역정내는 어머니를 거들며 난 삽질을 한다.
잘 무른 봄 마당을 한 삽 푸자 까마귀 한 마리 꺼억 하며 소나무 위에서 운다.
나무를 심고 아버지와 아들과 나와 복숭아나무 이렇게 넷이서 봄볕을 맞으며
사진을 찍었다.
새순이 텄으니 이틀이면 꽃이 필 게다.
나뭇가지에 손자 쪽지명패 걸며
아버지는 풀어진 흰 머리카락 추스르고 꽃처럼 웃었다.
사진에는 눈물이 안 보였으면 좋겠다.

나무 심는 철이 왔습니다. 해본 사람은 알겠지만 나무를 심는 일은 생각을 심는 일이기도 합니다. 이 고사리 같은 크기가 자라서 하늘을 덮습니다. 그 아래 사람들이 모여 쉬며 웃습니다. 그러한 상상을 함께 심지요. 여차하면 당대를 위한 나무가 아니기 십상입니다. 그 열매를 바라며 웃을 사람이 꼭 제 후손이 아니어도 좋습니다. 그 넉넉함을 심는 일입니다. 책상머리 공부보다 이러한 행위가 월등히 큰 공부임을 알았으면 합니다.

몸이 쇠해지는 아버지에게 손자가 생겼습니다. 손자는 오래 기다려 맞는 봄꽃입니다. 그 손자를 기념하는 나무 하나를 고릅니다. 복숭아나무입니다. 옛이야기 속 '무릉도원'의 평화를 손자에게 주고 싶은 심정이었을 겁니다. '내가 사라진 훗날 이 나무가 대신 너를 보리라….' 이러한 자막이 할아버지의 마음 밑을 흘러갑니다. 아들은 그 마음을 읽습니다. 새 생명이 오고 또 묵은 생명은 멀어져간다는 섭리에 눈이 젖습니다.

봄봄

안현미

그 봄으로 한 여자가 입장한다

망할 놈의 봄비
망할 놈의 제비

그 봄에 한 여자가 아프다

봄이 두개라면
봄이 두부라면

그 봄에 한 여자가 웃는다

자신이 끌고 다닌 바퀴 달린 가방처럼
테두리가 사라지고 있는 영혼처럼

다시 테두리로 되풀이되는
다시 테두리만 되풀이되는

봄을 보니 봄은 여럿입니다. 그중 참담한 봄도 있음을 소개합니다. '곰곰'(이 시인의 시집 제목이기도 합니다) 생각해보니 '봄'이라는 무대는 화사하고 싱그럽지만 아무나 '입장'할 수 있는 것도 아닌 모양입니다. 겨우 입장을 허락받은 한 여인이 '봄'으로 들어섰습니다. 힘겹게 겨울을 났다는 말이기도 합니다. 축복과도 같은 단비, 그리고 상가수上歌手의 노래처럼 유연한 제비들의 활공이 '망할 놈의' 것이 된 이 여인에게 도대체 무슨 사연이 있는 걸까요. '아픈' 이 여인은 봄이 하나 더 있으면 하고 되뇝니다. '봄이 두 개라면/ 봄이 두부라면'(여기 두부는 음식이어도 좋고 문서라는 의미여도 좋습니다) 하고. 그러고는 그 하나의 가상의 봄을 상상하며 허하게 웃습니다. '바퀴 달린' 트렁크처럼 떠도는 이 여인에게 봄은 '테두리만 되풀이되는' 서글픈 서정입니다.

우리 역사에는 봄에 유독 아픈 옹이들이 많이 박혀 있습니다. 오늘도 찬란한 저 봄 꽃나무 아래에서 마냥 즐겁지만 말고 한 번쯤 생각해봐야 하겠습니다.

이 책에 나오는 작품들

〈첫사랑〉,《시간》, 지디마자, 백지운 옮김, 문학과지성사, 2009

〈설명해 줘요 내게, 사랑〉,《장미의 벼락 속에서》, 잉게보르크 바하만, 김주연 옮김, 열음사, 1985

〈도화桃花 한 가지〉,《박목월 시전집》, 박목월, 민음사, 2003

〈풀따기〉,《진달래꽃》, 김소월, 매문사, 1925

〈입맞춤〉,《전봉건 시전집》, 전봉건, 문학동네, 2008

〈너무 늦지 않은 어떤 때〉,《눈물이라는 뼈》, 김소연, 문학과지성사, 2009

〈양파 공동체〉,《양파 공동체》, 손미, 민음사, 2013

〈칠 일이 지나고 오늘〉,《칠 일이 지나고 오늘》, 이성미, 문학과지성사, 2013

〈아침 숲〉,《호주머니 속의 시》, 임선기, 문학과지성사, 2006

〈수증기〉,《몰아 쓴 일기》, 박성준, 문학과지성사, 2012

〈만남〉,《창밖은 오월인데》, 피천득, 민음사, 2018

〈해당화〉,《온다는 것》, 김영삼, 달아실, 2017

〈빛의 발자국〉,《북촌》, 신달자, 민음사, 2016

〈나팔꽃〉,《나는 누가 살다 간 여름일까》, 권대웅, 문학동네, 2017

〈의자〉,《립스틱 발달사》, 서안나, 천년의시작, 2013

〈바위〉,《생명의 서》, 유치환, 미래사, 1991

〈천년의 바람〉,《울음이 타는 가을강》, 박재삼, 미래사, 1996

〈배음背音〉,《김종삼 전집》, 김종삼, 북치는소년, 2018

〈낙화〉,《청록집》, 조지훈, 을유문화사, 1946

〈물속의 돌〉,《비파 소년이 사라진 거리》, 이철성, 문학과지성사, 2009

〈난초〉,《난초》, 이병기, 미래사, 1991

〈들꽃〉,《살다가 보면》, 이근배, 시인생각, 2013

〈깊은 우물〉,《푸른 말들에 관한 기억》, 이건청, 세계사, 2005

〈거울 앞에서〉,《그 겨울 나는 북벽에서 살았다》, 장옥관, 문학동네, 2013

〈별〉,《터미널》, 이홍섭, 문학동네, 2011

〈광야曠野〉,《육사 시집》, 이육사, 서울문화사, 1946

〈수묵화 속에 들어앉아〉,《사탕비누방울》, 박종해, 국학자료원, 2019

〈곁에 누워 본다〉,《구르는 잠》, 문동만, 반걸음, 2018

〈생일〉,《왼손은 마음이 아파》, 오은, 현대문학, 2018

〈긴 오후〉,《바다를 모르는 사람과 바다를 갔다》, 신효순, 시인동네, 2017

〈여운〉,《새벽에 생각하다》, 천양희, 문학과지성사, 2017

〈현상곡예絃上曲藝〉,《풀잎》, 박성룡, 창비, 1998

〈꽃나무〉,《이상 시집》, 이상, 정음사, 1973

〈북관北關-함주시초咸州詩抄 1〉,《백석 시전집》, 백석, 창비, 2003

〈북〉,《영랑 시집》, 김영랑, 시문학사, 1935

〈金星 라디오〉,《김수영 전집-시》, 김수영, 민음사, 1981

〈시골길 또는 술통〉,《시골길 또는 술통》, 송수권, 종려나무, 2007

〈앞이 안보여 지팡이로 더듬거리며〉,《쓰러진자의 꿈》, 신경림, 창비, 1993

〈벗어놓은 스타킹〉,《그녀에게》, 나희덕, 애경, 2015

〈저 나비〉,《혼자 가는 먼 집》, 허수경, 문학과지성사, 1992
〈진흙 논에 드리운 백일홍 그림자〉,《끝없는 사람》, 이영광, 문학과지성사, 2018
〈언덕〉,《골목을 나는 나비》, 박덕규, 시정시학, 2014
〈안테나〉,《거기 그런 사람이 살았다고》, 송진권, 걷는사람, 2018
〈이십세기〉,《곁을 주는 일》, 문신, 모악, 2016
〈침식〉,《햇살 택배》, 김선태, 문학수첩, 2018
〈소리 씨앗〉,《언제나 다가서는 질문같이》, 김명수, 창비, 2018
〈정거장 가는 길〉,《타이피스트》, 김이강, 민음사, 2018
〈탁! 탁!〉,《우리는 좀더 어두워지기로 했네》, 이설야, 창비, 2016
〈실용적인 독서〉,《밥이나 먹자, 꽃아》, 권현형, 천년의시작, 2006
〈대장장이〉,《울프 노트》, 정한아, 문학과지성사, 2018
〈가자미〉,《신남 가는 막차》, 김영희, 시로여는세상, 2018
〈이마〉,《싱고,라고 불렀다》, 신미나, 창비, 2014
〈대학시절〉,《입 속의 검은 잎》, 기형도, 문학과지성사, 1991
〈앙큼한 꽃〉,《목련 전차》, 손택수, 창비, 2006
〈응〉,《신동엽 전집》, 신동엽, 창비, 1975
〈저녁 무렵-아파트 쌈지공원〉,《오늘이 달린다》, 김성배, 모악, 2017
〈품〉,《거기, 그곳에서》, 이인구, 천년의시작, 2017
〈당신은 상추쌈을 무척 좋아하나요〉,《가장 가벼운 짐》, 유용주, 창비, 2002
〈그 말이 아직 망아지였을 때〉,《푸른 말들에 관한 기억》, 이건청, 세계사, 2005
〈샤갈의 마을에 내리는 눈〉,《타령조.기타》, 김춘수, 문화출판사, 1969
〈세상 초록빛을 다해〉,《나는 별아저씨》, 정현종, 문학과지성사, 2000
〈봄볕〉,《동천》, 서정주, 민중서관, 1968

〈상치꽃 아욱꽃〉,《백발의 꽃대궁》, 박용래, 문학예술사, 1979
〈염천〉,《봄이 첨이고 덤입니다》, 정끝별, 문학동네, 2019
〈우기〉,《우리가 훔친 것들이 만발한다》, 최문자, 민음사, 2019
〈과목果木〉,《풀잎》, 박성룡, 창비, 1998
〈돌과 포도나무〉,《먼 곳》, 문태준, 창비, 2012
〈아침 이슬〉,《나는 문이다》, 문정희, 민음사, 2016
〈소금〉,《키스를 원하지 않는 입술》, 김용택, 창비, 2013
〈바람이 분다-로르카에게〉,《바람분교》, 한승태, 천년의시작, 2017
〈추일산조秋日山朝〉,《나와 나타샤와 흰 당나귀》, 백석, 다산책방, 2014
〈겨울 산〉,《오래된 엽서》, 안상학, 천년의시작, 2003
〈순환의 바퀴〉,《여백》, 최승호, 솔출판사, 1997
〈집이 앓는 소리를 들었다〉,《슬픔은 어깨로 운다》, 이재무, 천년의시작, 2017
〈복사꽃에 떠밀려〉,《푸른빛과 싸우다》, 송재학, 문학과지성사, 1994
〈홍매紅梅〉,《김상옥 시전집》, 김상옥, 창비, 2005
〈밤비 오는 소리를 두고〉,《밥이나 한번 먹자고 할 때》, 문성해, 문학동네, 2016
〈증발 후에 남은 것〉,《베누스 푸디카》, 박연준, 창비, 2017
〈복숭아나무를 심고〉,《그리움도 숨을 쉬어야 산다》, 윤영범, 문학나무, 2016
〈봄봄〉,《사랑은 어느날 수리된다》, 안현미, 창비, 2014